JN245438

おいしいおはなし

子どもの物語とレシピの本

本とごちそう研究室

トム・ソーヤーの冒険
秘密の花園
若草物語
二年間の休暇
ドリトル先生アフリカゆき
ドリトル先生月からの使い
ドリトル先生航海記
太陽の子
たのしいムーミン一家
ムーミン谷の彗星
はてしない物語
モモ
山の上の火
森は生きている
たのしい川べ
ライオンと魔女

はじめのおはなし

昔々……といってもそれほど前のことではなくて、大人のみなさんが小さかったころ。ある町に、暇さえあれば本を読んでいる子どもがいました。学校の行き帰りにも本を読んでいましたので、うっかり電柱にぶつかったり、側溝に落ちたりするほどでしたが、その子どもは、そうやってたくさんの物語を通じていろいろなところへ行き、いろいろな人に出会うことができたのです。

でも、物語を通じてではなく「どうしても実際に体験してみたい！」ことがありました。それは、物語の中に登場する食べ物の味でした。

「わあ、おいしそうだなあ！」

「へえ、こうやってつくるのね」

「ふーん、どういう味がするんだろう？」

そんなふうに、おはなしの中に登場する食べ物にうっとり憧れていた子どもが大きくなって、自分の台所を手に入れました。そして、「いつかつくって食べてみたい」と思っていたその食べ物をつくり始めたのです。あれはきっとこんなふう、もしかしたらこんなだったかも……頭の中で想像していた料理が、次々と鍋やオーブンの中から現れました。それはまるで、おはなしの世界がつかの間――料理が完成してそれを食べ終わるまで――現実の世界にやってきたかのようでした。

さて、大きくなった本好きの子どもがつくったのはどんな料理だったのか。その料理はどんなおはなしに登場した（登場しそうな）のか。ページをめくって確かめながら、一緒に〝おいしいおはなし〟を味わってください。

料理を始める前に

- 小さじ1は5㎖、大さじ1は15㎖です。
- ごく少量の調味料の分量は「少々」で親指と人差し指でつまんだ分量、「ひとつまみ」は親指と人差し指、中指でつまんだ分量になります。
- 「適量」はちょうどよい分量、「適宜」は好みで入れなくてもよいということです。
- オーブンは機種によって加熱時間が異なります。表記している時間を目安にして、様子を見ながら加減してください。
- 野菜類は特に指定のない場合は、洗って水気をしっかりきる、皮をむくなどの作業を済ませてからの手順を説明しています。
- 出汁は削り節と昆布などでとった和風出汁を使用しています。

＊本書に掲載している本は著者私物です。現行の装幀とは異なったり、絶版になったりしている場合があります。

第1章　始まりの春

第2章　外に誘われる夏

第3章　仲よくくつろぐ秋

第4章　みんなで過ごす冬

CHAPTER 1

SPRING: NEW BIGGINGS

始まりの春

Totto chan
The Little Girl at the Window

窓ぎわのトットちゃん

×

ママがつくった海のものと山のもの入りお弁当

初めてこの本を読んだ小学生のころ、「自分の学校とぜんぜん違う！」と、トットちゃんの通うトモエ学園にうんと憧れました。そしてこのおはなしが、先の戦争より少し前のことだと知ってはいても、そんなに昔の話の気がせず、憧れと同時になんとなく親近感を感じてました。それくらい、『窓ぎわのトットちゃん』に書かれたエピソードは生き生きと鮮やかで、今読み直してもその輝きは衰えていません。

憧れのトモエ学園は、校舎が電車で、座る席は自由。時間割がなくて、日々いろんなトモエならではの行事があります。たとえば、運動会。ごほうびは野菜です。一等賞の賞品が大根1本、二等賞がごぼう3本で、三等賞はほうれん草1束など、最後には生徒全員が何かしらの野菜を手にします。そして、いざ持って帰るときにグズグズし始めた子どもたちに、校長先生はこんなふうに言うのです。

「なんだ、いやかい？　今晩、お母さんに、これを料理してもらってごらん？　君達が自分で手に入れた野菜だ。これで、家の人みんなの、おかずが出来るんだぞ。いいじゃないか！　きっと、うまいぞ！」

そういわれてみると、たしかにそうだった。トットちゃんにしても、自分の力で、晩御飯のおかずを手に入れたことは、生まれて初めてだった。（146〜147頁）

こんなトモエならではのエピソードを読むたびに、トットちゃんとトモエ学園に通いたい熱は一層高まったものでした。少なくとも本を読んでいる間は、自分もトモエ学園の生徒になってトットちゃんたちと学校生活を送っている気持ちで、一緒に笑い、一緒に息を切らし、一緒に別れに涙しました。

大人になって読み返すと、また別の憧れの気持ちを抱きます。きっとたくさんの「トットちゃん困った」の報告を受けていただろうに「君は本当はいい子なんだよ」と言い続けた校長先生の教育者としての温かさに。戦争が長くなって食料が手に入りにくくなったある日、食べ物をもらえるという条件で軍の慰問演奏に誘われたバイオリニストのパパが、軍歌は弾きたくないと言ったときに、〈そうね。やめれば？　たべものだって、なんとか、なるわよ〉（248頁）と答えたママの優しさとたくましさに。

そんなかっこいいママがつくったトットちゃん初登校日のお弁当は、こんな感じだったはず。トモエ学園のお弁当のルールは「海のものと山のものを入れる」というもの。このシンプルで的確なルールに則り、ママがつくったお弁当に、トットちゃんは〈ママは、とっても、おかず上手なの〉（48頁）と誇らしげです。さて、お手製のでんぶは、山のもの？　海のもの？

『窓ぎわのトットちゃん』
黒柳徹子作（講談社）
1981年に出版されたベストセラー本。学校やおうちでの日々が綴られた、トットちゃんこと女優の黒柳徹子さんの子ども時代の自伝小説です。その日々はワクワクに満ちて輝き、またそれを追体験させてくれる生き生きとした文章が魅力。トットちゃんがトモエ学園に通っていたのは、太平洋戦争の始まる直前から始まったころまで。おはなしの終わりに向かって少しずつその影が忍び寄ります。明るく楽しかった日常を少しずつ奪って行く戦争の悲惨さも、静かに強く印象に残ります。

〔材料〕（1人分）

でんぶ（つくりやすい分量）
┌生ダラ　ひと切れ（約100g）
│酒　大さじ1
└砂糖　小さじ2
塩　少々

卵　1個
タラコ　1/4腹
グリンピース　適量
ごはん　適量

〔つくり方〕

1 卵は塩と砂糖各少々（ともに分量外）で味つけし、炒り卵にする。タラコはあぶって斜めに切る。グリンピースはサヤから取り出し、沸騰した湯に塩少々（分量外）を加えて1分ほど茹でる。茹で汁ごと冷まし、冷めたらザルに上げて水気をきる。

2 鍋に湯を沸かし、生ダラを茹でる。茹で上がったら取り出し、身をざっくりほぐしながら骨と皮を取り除く。

3 ほぐした身をガーゼ、または厚手のペーパータオルで包み、流水でもみ洗いをする。洗ってはぎゅっと絞る、を数回繰り返し、最後はよく絞る。

4 小鍋に3のタラを入れ、酒、砂糖、塩を加え、弱火にかける。木ベラで混ぜながら、汁気がなくなりふわふわになるまで炒る。

5 弁当箱にごはんをふわっと詰め、でんぶと炒り卵、タラコ、グリンピースを彩りよくのせる。

POINT でんぶはお魚でつくるので、海のものですね。味つけして炒るときは焦げつきやすいので、木ベラで常に鍋底から混ぜながら仕上げます。

Winnie-the-Pooh
The house at Pooh Corner

クマのプーさん

×

プーさん憧れの桃色の砂糖衣のケーキ

クマのプーさんは映画にキャラクター商品に、世界的人気を誇るクマですが、本を読んでそのユニークで愛らしい性格を知れば、もっともっと好きになってしまうはず。そして、もうひとりの主人公、クリストファー・ロビンとのきずなに、きっと心打たれることでしょう。

　クリストファー・ロビンは、作者ミルンの息子。このおはなしは、父であるミルンが息子と彼の仲良しのテディ・ベアのプーのために話してあげたおはなしで、プーのほかに小さなコブタやトラのトラー、ロバのイーヨーなど、クリストファー・ロビンと彼の仲良しのぬいぐるみたちが空想の森の中で繰り広げるさまざまなできごとを描いています。

　おはなしの中で最も知られているのは、やっぱり、「食べ過ぎてウサギの家の玄関の穴に身体がはまって身動き取れなくなってしまったプー」のエピソードでしょう。クリストファー・ロビンはその姿を見て、まず「ばっかなクマのやつ！」と言いながらも、愛情深くプーのダイエットにつき合います。

　また、探検に出かける身支度をするときにも、ふたりは力を合わせます。大雨の中でコブタを助けに行くときにも、ふたりは知恵を合わせます。

　ときに、プーから素晴らしいアイデアが飛び出すこともあります。するとクリストファー・ロビンは、〈……これがほんとに、あんなにながいあいだ、じぶんが知っていた、そして、かわいがっていた、あの頭のわるいクマなのかとおどろきながら、じっとプーを見つめるばかりでありました〉（169頁）と驚き、感動したりもします（余談ですが、この驚きは著者が幼い息子の成長に気づいたときの気持ちそのものだったのかもしれませんね）。

　クリストファー・ロビンにとって、プーさんは、かわいくて仕方ない大切なクマであり、尊敬できる友であり、そしてきっと、自分自身の分身のようなものでもあるのだと思います。そういう大切な相棒が幼いころの自分にもいたことを、読む人は懐かしく思い出すかもしれません。

　おはなしの最後に、クリストファー・ロビンとプーは約束します。

「プー、ぼくのことわすれないって、約束しておくれよ。ぼくが百になっても。」
プーは、しばらくかんがえました。
「そうすると、ぼく、いくつだろ？」
「九十九。」
プーはうなずきました。
「ぼく、約束します。」と、プーはいいました。（390頁）

　この約束より前、大切なプーのために、クリストファー・ロビンはお茶会を開きます。本にそのときのメニューは書かれていませんが、テーブルにはきっとプーの好物が並んだことでしょう。たとえば、〈桃色のお砂糖のついてる、あのケーキなんてもの、出るのかな〉（174頁）とプーがうっとり夢見たお菓子も。

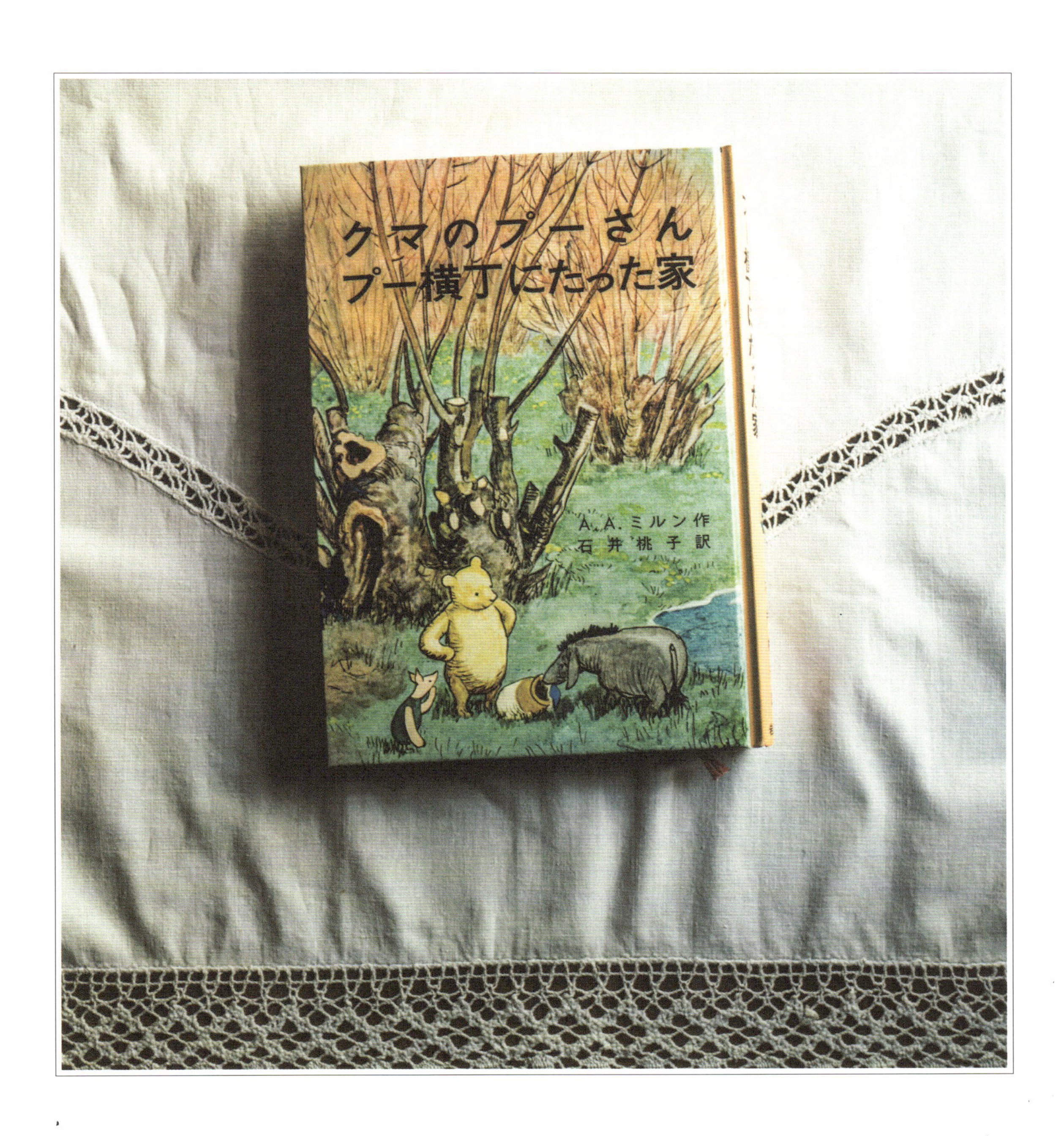

『クマのプーさん／プー横町にたった家』
A・A・ミルン作、石井桃子訳（岩波書店）

ある日、「すみませんけど、おとうさん、プーにひとつしてやってくれない？」とクマのぬいぐるみを抱えたクリストファー・ロビンが作者である父親におはなしをお願いしたことから物語は始まります。それはクマのプーさんとクリストファー・ロビン、そして森の仲間たちの日々のこと。プーは主人公的存在でありますが、気の弱いコブタや年寄りでちょっと陰気なイーヨー、わんぱくなルーとおかあさんのカンガなど、どのキャラクターも愛らしくユニーク。あとがきに記された、登場人物たちのその後のエピソードも必読です。

プーさん憧れの桃色の砂糖衣のケーキ

森のティーパーティのテーブルに似合うように、香ばしい木の実を混ぜて焼き上げ、甘い砂糖衣で仕上げました。

〔材料〕（直径15cmの丸型1台分）

ケーキ
- 薄力粉　90g
- ベーキングパウダー　小さじ1/2
- 卵　3個
- 三温糖　70g
- くるみ　70g
- バター（無塩）　70g

アイシング
- 粉砂糖　60g
- 水　小さじ1と1/2
- ラズベリージャムのシロップ　少々
- 飾り用の形のよいくるみ　5〜6個

〔下準備〕
- ・オーブンは170℃に温めておく。
- ・型にオーブン用シートを敷いておく。
- ・バターは湯煎にかけて溶かしておく。

〔つくり方〕

1　70gのくるみと飾り用のくるみをフライパンで軽く炒る。飾り用以外のくるみはフードプロセッサーか包丁で細かくくだく。薄力粉とベーキングパウダーは合わせてふるう。

2　大きめのボウルに卵を割り入れ、三温糖を加えて泡立て器でよくほぐす。くだいたくるみも加えてさらによく混ぜる。

3　ふるっておいた粉類を再度ふるいながら2に加える。ゴムベラで全体を底からすくい上げるように2、3回混ぜたら、溶かしたバターを加えてざっくりと混ぜる。

4　型に3を流し入れ、型を少し持ち上げテーブルに1、2回落として空気を抜く。

5　生地を流した型を天板にのせ、オーブンで35〜45分焼く。竹串を刺して何もついてこなければ焼き上がり。網などにのせて冷ます。

6　ケーキを冷ましている間にアイシングを作る。ボウルに粉砂糖を入れ、水を少しずつ加えてよく混ぜる。ラズベリージャムのシロップを加えて混ぜ、好みの色にする。

7　型からケーキを外し、オーブン用シートをはがす。バットなどの上にケーキを置いた網をのせ、上からアイシングを回しかける。仕上げに、飾り用のくるみをのせる。

POINT　ケーキの生地をつくるとき、粉類を入れたら混ぜ過ぎは禁物です！　さっくりと混ぜたほうが軽く仕上がります。アイシングが残ったら、小さく切ってよく焼いた薄切り食パンに塗ると、ラスク風のおやつになりますよ。

My Father's Dragon

エルマーのぼうけん

×

冒険に持って行きたいオレンジ丸ごとゼリー

物語を通じて、行ったことのない外国の暮らしぶりに触れられることは多いですが、この『エルマーのぼうけん』が見せてくれたのは、外国の色彩感覚だったような気がします。今でも、海外旅行へ行くと、看板やパッケージのその色使いが新鮮で心惹かれるのですが、そういった外国の色彩へのときめきを最初に教えてくれたのが、このおはなしです。

物語は、エルマー少年がとしとったのら猫と出会い、りゅう（ここはやっぱり、龍でもドラゴンでもなく〝りゅう〟とひらがなで書くのがしっくりきます）の子どもを助けに行くところから始まります。この冒険物語は全3冊にわたりますが、とにかく印象的なのが、りゅうの姿がどんなふうかという描写。としとったのら猫は、エルマーにこんなふうに説明するのです。

りゅうは、ながいしっぽをしていて、からだにはきいろと、そらいろのしまがありましたよ。つのと、目と、足のうらは、目のさめるような赤でした。それから、はねは金いろでした。（20～21頁）

ドラゴンや龍のたぐいといえば、緑や茶の混ざったようなハチュウ類的な外見をイメージするものだったのに、この〝りゅう〟はなんてカラフルでポップな色柄だこと！　その黄色と空色のシマシマに真っ赤をワンポイント使いというコーディネートにときめけば、3冊目の『エルマーと16ぴきのりゅう』で明らかになるこのりゅうの子どもの家族の色柄に、ますます胸躍らされます。みんな真っ赤な爪先を持ち、空色のとうさんりゅうと黄色のかあさんりゅうから生まれた子どもたちは、黄色と空色のシマシマだったり、黄色と空色のブチだったり……。詳細はぜひシリーズ3冊目で読撃（目撃）していただくとして、そんなりゅうたちの姿が、あまりにくっきりとまぶたの裏に残っているものだから、カラー挿絵があったんだと思っていましたが、読み直してみると挿絵はモノクロ。その挿絵に、頭の中で勝手に色を塗って記憶していたようです。それほどまでに、言葉で描かれた色柄は、強烈なインパクトを残したのでした。

もうひとつ、このおはなしの魅力が数字です。列挙される色柄と並んで、本書にはエルマーが冒険に持って行ったアイテムの数や動物の数など、いろんな数字が登場します。2ダースのキャンディー、サンドイッチは25切れ、トラは7匹、そしてみかんは31個！

この31個のみかんとは、エルマーが冒険の食料として「みかん島」で初めにリュックに詰めたみかんの数。それが〈エルマーは、みかんを七つおおいそぎでたべると〉（35頁）〈みかんを八つたべました〉（41頁）〈みかんを四つたべました〉（88頁）と減っていくので、「足りるのかしら？」と、一生懸命数えながら読み進めたものです。

そうやって数字を追いかけ、色彩にときめきながらページをめくれば、きっとエルマーと一緒に忘れられない冒険をすることができるはずです。

「それにしても、みかんばっかり食べて飽きないのかな……？」と、数えながら気になったものですが、みかんはビタミンCたっぷりで疲れも取れるし、果汁たっぷりでのどの渇きもうるおうし、冒険の食料としてはけっこう正解だったのかも……なんて読み直しながら思いつつ、ひと手間加えて、オレンジ丸ごとのゼリーをつくりました。寒天を使っているので溶けにくいですから、リュックに詰めて冒険へ持って行くにも、ぴったりなおやつですよ。

〔材料〕（オレンジ4個分）

オレンジ　4個
オレンジジュース（果汁100%）　200mℓ
粉寒天　小さじ1
砂糖　大さじ2

〔つくり方〕

1 オレンジの座りをよくするため、包丁で底をごく薄く削ぎ落とす。ヘタ側は1/5程度のところで切って、蓋にする。

2 果汁をボウルで受けながら、グレープフルーツナイフやキッチンバサミで果肉をくり抜く。最後は果肉が残らないようにスプーンでかき出し、果肉についている薄皮は取り除く。

3 鍋にオレンジジュースを入れ、粉寒天をふり入れる。混ぜながら弱火にかけ、ふつふつとしてきたら2分ほど加熱する。粉寒天が完全に溶けたら砂糖を加えてよく混ぜ溶かし、2の果肉と果汁を加えて火を止める。

4 オレンジを丸ごと包める程度の大きさに切ったラップの上に中身をくり抜いたオレンジの皮の器をのせて、3を注ぎ入れる。オレンジの蓋をのせ、ラップで包んで端を輪ゴムでぎゅっと結ぶ。

5 バットなどにのせ、冷蔵庫で冷やしかためる。

POINT 大事なのは、寒天をしっかり煮溶かすこと。人数が多いときはオレンジを横半分に切って、オレンジ1個から蓋なしの器を2個ずつつくっても。

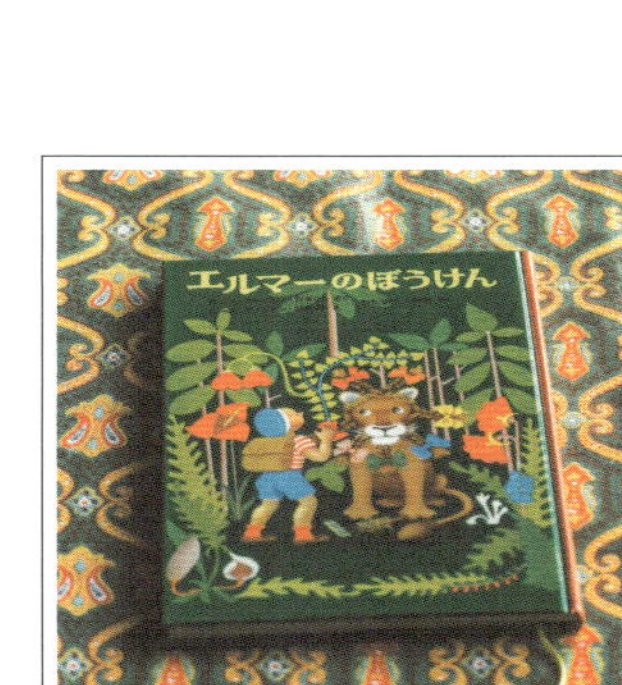

『エルマーのぼうけん』
ルース・スタイルス・ガネット作、
わたなべしげお訳（福音館書店）

冷たい雨が降る中、エルマーが出会ったのはとしとったのら猫。その猫から、どうぶつ島に捕らわれているりゅうの子どものことを聞いたエルマーは、りゅうを助けに行くことを決意します。そのおはなしは、この本から始まって3冊にわたって、エルマーとりゅうの冒険が描かれます。1948年にアメリカで刊行されたこのおはなしを書いたルース・S・ガネットは、大学では化学専攻だったそう。鮮やかな色彩感覚や数字へのこだわりは、そんなガーネットならではの表現だったのかもしれません。

Little Women

若草物語

×

ジョーのための失敗しないブラマンジェ

『若草物語』は、19世紀中ごろのアメリカを舞台にしたおはなしですが、21世紀の今読んでも、個性豊かな四姉妹の魅力は色あせることなく、長女のメグや次女のジョー、もしくは三女のベス、あるいは四女のエイミーの中に、自分と似ている部分を感じたり、知っている誰かの顔を重ねたりします。

物語は、父が従軍して不在の1年間の、母と姉妹たちの暮らしぶりと、日々の事件を通して姉妹たちが成長していく様子が綴られたもの。彼女たちの学びが、ただの教訓話にならず、物語として読者の心をつかむのは、登場人物の性格描写のおもしろさです。

特に、末っ子エイミーのおかしさったら！　飼っていたカナリアを死なせてしまって嘆き悲しんでいるベスに〈オーブンに入れてみたらどう。あたためれば生き返るかもよ〉（235頁）と、大真面目に提案したり、綴りや句読点の打ち方を間違えて怒られたことについて〈いろいろすることがあるのでしかたありません〉（354頁）と開き直ったり。作者自身も四姉妹だったそうですから、実際にあったエピソードが反映されているのかもしれません。

四姉妹の母も素敵です。娘たちに体験させ、実感させてから、どうすべきか、何が正しいかを語り合う様子がしばしば登場します。あるときには、「やらなきゃならないことは何もしない、好きなことだけするお休み」という1週間を設けます。しまいには、家政婦のハンナにもお休みを出し、こんなふうに宣言して自分も出かけてしまいます。

「いるものは何なりと買って、いちいちわずらわせないでね。母さまは外でお食事するので、うちのことにはかまっていられないのよ。」というのが、ジョーに対するマーチ夫人の返事でした。「わたしだって、好きで家事やってるわけじゃありませんよ。今日は一日お休みをとって、本読んだり、お手紙書いたり、お友だちのところへ行ったり、たのしくすごすつもりよ。」（233頁）

この母のストライキがとどめとなり、誰も働かない家の中はしっちゃかめっちゃか。お休みの1週間の始めに〈……遊びづめで働かないっていうのは、働きづめで遊べないっていうのとおなじくらい、つまらないものだってわかることと、わたしは思うけど〉（226頁）と母に予言されていたとおり、お休みに飽きた娘たちは、日々コツコツと働くことの大切さを実感するのです。

このとき、特に悲惨だったのがジョー。お隣のローリーをランチに招き、台所で奮闘したものの、読むだにまずそうな料理のオンパレードを生み出します。料理の失敗といえば『赤毛のアン』のアン（本書60頁に登場）もやらかしていましたが、ふたりの少女の姿は、「みんな失敗しながら大人になるんだよね」ということを思い出させてくれます。

このときのランチの中でも、エイミーが思わず吐き出したほどの失敗作がブラマンジェ。このレシピなら、砂糖と塩さえ間違えなければ、ジョーでもきっと、つるんとなめらかなブラマンジェをつくれるはずです。

〔材料〕（120㎖程度のグラス6〜7個分）

ブラマンジェ
- アーモンドミルク（無糖） 500㎖
- 生クリーム 100㎖
- 粉ゼラチン 10g
- 水 100㎖
- 砂糖 40g

いちごソース
- いちご 150g
- 砂糖 20g

〔つくり方〕

1 いちごソースをつくる。いちごのヘタを取り除き、4等分のくし形切りにする。小鍋に入れて砂糖をふり、水分が出てくるまで15分ほど置く。弱火にかけて10分ほど煮詰め、冷蔵庫で冷やす。

2 小さめのボウルに粉ゼラチンを入れて水を加え、湯煎にかけて完全に溶かす。砂糖も加えて溶かしたら、湯煎から下ろして粗熱を取る。

3 大きめのボウルにアーモンドミルクと生クリームを入れ、2を加えてよく混ぜる。グラスに注ぎ、気泡があればスプーンなどですくって取り除く。冷蔵庫で1時間半ほど冷やしかためる。

4 食べる直前、よく冷えたブラマンジェにいちごソースをかける。

POINT
ゼラチンを溶かす際は、ゼラチンに水を加えること。逆にすると湯煎にかけてもなかなか溶けず、仕上がりがぶつぶつになってしまうので注意！

『若草物語』
ルイザ・メイ・オールコット作、
矢川澄子訳、ターシャ・チューダー絵
（福音館書店）

舞台はアメリカ、南北戦争の時代。奴隷解放を掲げる北軍の牧師として従軍している父の無事を祈りながら、つましく暮らす母と四人姉妹の日々を綴った1年間の物語は、「プレゼントのないクリスマスなんて、クリスマスっていえるかねえ。」という次女ジョーのひと言から始まります。このあとには、「貧乏っておそろしいことね。」という長女メグのセリフが続きますが、貧しくともいかにして幸せに、豊かに暮らすかということを、姉妹たちは学んでいきます。そして、世間や周りの「こうあるべき」という常識に流されず、それぞれに自分らしい生き方を模索しながら成長していく物語です。

Chokoreto Senso

チョコレート戦争

×

子ども心も魅了するチョコレートつやめくエクレール

シュークリームにショートケーキ、モンブランにバウムクーヘン……。昔ながらの洋菓子の名前は、耳にも甘く響きます。そんな魅惑の洋菓子をつくっている人気店を中心に、子どもたち対大人の戦いの一部始終を描いたおはなしが『チョコレート戦争』です。

舞台となる「金泉堂」は、地方の名店としてガイドブックにも載っていそうな洋菓子店。その本格的なことといったら、シュークリームも「シュー・ア・ラ・クレーム」とフランス語で売っているくらいで、それらを大人たちは「東京でも買えないほどの味」と誇りにしています。もちろんそれは町中の子どもたちにとっても同じです。

> おかあさんは、勉強のにがてな子どもたちをはげますのに、「こんど、百点をとったら、金泉堂の洋菓子を買ってあげますからね」と、いった。このことばは、ほかのどんなことばよりもききめがあった。（29頁）

というのですから、「金泉堂の洋菓子」がどれほど子どもたちの憧れの存在だったか分かるというものです。

その金泉堂のショウウィンドウを割ったと勘違いされてしまうのが、主人公の明と光一。やっていないという説明を信じてもらえないまま、店員に引っ張られて支配人のところへ、さらには社長の前にまで連れて行かれ、一方的にやったと決めてかかる大人の前で、うまく説明ができません。そして、ただ黙って唇を噛んでいたふたりのショックやもどかしさは、怒りに変わっていきます。明はそれを〈ぼくたちの名誉をきずつけられたからだ〉と考え、光一は〈戦うんだよ、あの、金泉堂のわからずや連中と〉（ともに69頁）と決意するのです。

読む人はきっと、子どものころに「大人はどうして話を聞いてくれないのか」と一度ならずも悔しく思ったことを思い出し、明と光一にエールを送りつつページをめくることでしょう。

でも、簡単には「子どもの勝利！」とはなりません。それがこのおはなしのおもしろいところ。明と光一がそれぞれのやり方で別々に戦いを挑むのも大きなポイントですが、金泉堂の社長の金兵衛さんの若いころの苦労話も描かれていたり（読んでいると「この社長はただの分からず屋じゃなさそう」と思わされます）、年長の子どもたちが明や光一の知らない陰で動いて状況を変えたり、一枚上手な大人の反撃があったり……と、登場人物もシーンも多く、それぞれのエピソードや人物が絡み合いながら物語がどんどん展開していくのが魅力です。

子どもと大人の戦いをドキドキしながら見守っていく合間には、甘い洋菓子もいろいろ登場してうっとりさせられます。明の好物はエクレール。エクレアの金泉堂流の言い方です。とろけるクリームがたっぷり詰まったエクレールを上手に食べるには、明のやり方を真似してみてくださいね。

『チョコレート戦争』
大石真作、北田卓史絵（理論社）

主人公の明はある日、ささいなことから同級生の小原くんとケンカをしてしまいます。その帰り道、ケンカを仲裁してくれた光一と一緒に町いちばんの洋菓子店、金泉堂に寄ることになります。たまたま立ち寄ったふたりの目の前で、ショウウィンドウがバーンと派手に割れ、彼らはその犯人として濡れ衣を着せられてしまうのです。「やってないよ」というふたりの主張を信じてくれない金泉堂の大人たちに、明と光一は自分たちの名誉をかけて戦いを挑みます。

子どもも心も魅了する チョコレートつやめくエクレール

生地を練るのは少々腕が疲れますが、手早くかつ丁寧にやれば、上手に膨らんでくれるもの。楽しくチャレンジしましょう。

〔材料〕（8個分）

シュー生地
- 水　50㎖
- バター（無塩）　20g
- 薄力粉　30g
- 卵　1個

クリーム
- 卵黄　2個
- 砂糖　40g
- 薄力粉　20g
- 牛乳　100㎖
- 生クリーム　50㎖
- 製菓用チョコレート　50g

〔つくり方〕

1 クリームをつくる。ボウルに卵黄と砂糖を入れて、泡立て器ですり混ぜる。薄力粉をふるいながら加えて混ぜ、60℃程度に温めた牛乳を少しずつ加えながら、なめらかになるまで混ぜる。

2 なめらかになったらザルで漉し、小鍋に入れて中火にかける。焦げつかないように泡立て器で絶えず混ぜる。ツヤが出て、もったり重くなってきたら火を止め、手早くボウルに移して冷ます。

3 完全に冷めたら、別のボウルで角が立つ程度に泡立てた生クリームを加えて、ゴムベラでよく混ぜる。空気に触れないようにラップを表面に密着させ、冷蔵庫で冷やす。

4 シュー生地をつくる。オーブンを200℃に温め、天板にオーブン用シートを敷く。薄力粉はふるう。卵はよく溶く。

5 小鍋に水とバターを入れて沸騰させる。弱めの中火にしたら、薄力粉を加え、木ベラで一気にかき混ぜながら1分ほど加熱する。全体がまとまってきたらよく混ぜながら、さらに1分ほど加熱する。

6 鍋を火から下ろして濡れフキンの上にのせ粗熱を取りながら、溶いた卵を4〜5回に分けて加え、その都度、木ベラでよく練る。

7 木ベラから生地がゆっくり落ちるくらいのかたさになったら、1㎝の口金をつけた絞り袋に入れる。天板に、間隔を空けながら8㎝ほどの長さに絞り出し、全体に霧吹きで水を吹きかける。温めたオーブンで15分焼き、温度を150℃に下げてさらに5分焼いたら、天板から網に移して冷ます。

8 製菓用チョコレートをボウルに入れ、湯煎にかけて溶かす。

9 3のクリームを絞り袋に入れる。シューの横半分に切り目を入れ、クリームを詰める。シューの上面を溶かしたチョコレートに軽く浸して乾かす。

POINT

チョコレートは湯煎するときに湯気や水気が入ってしまうと、ツヤがなくなってしまいます。ボウルも水気をしっかりふき、お湯の鍋より少し大きいものを使うと安心です。

Moribito: Guardian of the Spirit

精霊の守り人

×

逃亡旅の始まりに元気をくれた白身魚のお弁当

「おいしいものが出てくる物語といえば?」という質問に、本好きの男子中学生がくれた答えは『精霊の守り人』でした。曰く「この1作目だけでなく、シリーズのどこを読んでもおいしそうなものが出てくるよ」。

この物語の舞台は、古代アジアを思わせる架空の世界。主人公のバルサはつらい過去を背負ったフリーランスの女用心棒。王家の第二皇子チャグムは、ある理由からその命を狙われることになり、バルサに守られながらの逃亡生活が始まります。自分の力ではどうにもできない運命に翻弄され、怒りと悲しみの交ざり合った言いようのない感情に苦しむ皇子の姿は、同じように運命に翻弄されて流浪せざるを得なかった幼いバルサの姿に重なります。これは、そんなふたりの生きるための旅の物語です。

そんなストーリーが魅力的なのはもちろん、このファンタジー小説が、子どもにも、大人にも愛されているのは、おはなしの中の時代背景や自然環境、伝説や異界と人との関わり方、人々の暮らしぶりなど、あらゆる設定が細部まで描かれ、架空の世界にリアルな存在感が感じられるからではないでしょうか。

中でも、すすめてくれた少年の言うとおり、食にまつわる描写は読む人のお腹をグーと鳴らす力を持っています。たとえば、薬草師でバルサの幼馴染であるタンダが得意の山菜鍋をつくっているシーンでは、材料のキノコについて〈こいつはいい味がでるんだが、あんまり煮えすぎると、苦味がでるからな。火からおろす直前にいれるのがコツだ〉(113頁)というタンダの言葉に、この料理がどんな味なのか、想像力が刺激されます。もちろん、料理そのものの描写も素晴らしく、目の前に料理の姿が浮かんできて、そのおいしい匂いがページから漂ってくるようです。たとえば、チャグムが宮廷から庶民の生活の中に逃げ込み、最初に食べた食事。

> 白木のうす板をまげてつくられている弁当箱のふたをとると、いいにおいがたちのぼった。米と麦を半はんにまぜた炊きたての飯に、このあたりでゴシャとよぶ白身魚に、あまからいタレをぬってこうばしく焼いた物がのっかり、ちょっとピリッとする香辛料をかけてある。(65~66頁)

はあ、おいしそう! 読みながら五感がくすぐられます。すべてが架空のもののはずなのに、そこには確かに匂いがあり、味があり、色があり、音があり、読んでいる間はその世界に触れることができるような気がします。

どうにもよだれが止まらないので、山椒を効かせた甘辛いたれを、「ゴシャ」の代わりにサワラに絡めて麦ご飯にのっけたお弁当をつくりました。「ふたりの食べていたお弁当はきっとこんな感じ!」と確信しながら味わっていると、この料理がここにあるように、物語の世界も精霊の住む異界ごとどこかにあるはず……そんな思いが湧き上がってくるのです。

〔材料〕（1人分）

サワラ（切り身）　ひと切れ
長ねぎ　1/2本
塩　少々
片栗粉　小さじ1
ごま油　小さじ1
みりん　大さじ1
しょうゆ　大さじ1
実山椒（塩漬け）　10粒
押し麦入りごはん　適量

〔つくり方〕

1 サワラは食べやすい大きさに切って塩をふり、5分ほど置く。水気を軽くふき、片栗粉を薄くまぶす。長ねぎは4cm長さに切る。

2 フライパンにごま油を入れて中火で温める。サワラを入れ、長ねぎも加え、蓋をする。途中で一度裏返し、焼き目をつけながら7〜8分ほど蒸し焼きにする。

3 弱火にして実山椒、みりん、しょうゆを加える。フライパンを揺らして、たれを魚とねぎに絡めながら煮詰める。

4 弁当箱に押し麦入りごはんをふわっと詰め、3をたれごとのせる。

POINT

魚はサワラのほか、スズキ、太刀魚など、脂が少しのった白身魚がおすすめ。ごはんがすすみます。実山椒がなければ、焼き上がったあとに粉山椒をふってもよいです。

『精霊の守り人』
上橋菜穂子作、二木真希子絵（偕成社）

人間の生きる世界と、精霊や神が住む異界とが隣合い、ときに交錯する世界を舞台にした、全10巻の人気ファンタジー小説。シリーズ第1巻となる本作は、主人公の女用心棒バルサと、体内に「水の精霊の卵」を宿した皇子チャグムの物語。ふたりが逃亡生活を送る中、やがて卵は変化し、チャグムをどこかへ誘っていきます。バルサが追手や、異界の恐ろしい生き物と戦うシーンは、アクション映画を見ているような迫力と臨場感。彼らをかくまい、守ろうとする、薬草師タンダや呪術師トロガイなど、個性的な脇役たちにも注目です。

Taiyo no Ko

太陽の子

×

おかあさんのラフティーはみんなの自慢の味!

夏休みには宿題の読書感想文を書くための「課題図書」がありました。へそ曲がりの私は、そんなふうに「読んでね」と学校や大人からすすめられていた本を敬遠していたので、この灰谷健次郎の『太陽の子』を手に取ったのは主人公のふうちゃんよりもだいぶお姉さんになってからでした。

　物語の主人公ふうちゃんは、神戸に暮らす小学6年生。ふうちゃんのおうちは「てだのふぁ・おきなわ亭」という沖縄料理屋さんです。おとうさんもおかあさんも沖縄の人で、お店には沖縄出身者を中心に近所の人が集まります。ふうちゃん自身は神戸生まれ神戸育ちの自称「神戸党」で、大人たちから沖縄の美しい自然のことや島唄を教わって育ってきたものの、沖縄のことはよく知りません。しかし、あることをきっかけに、周りの大人たちが生まれ育った沖縄のことを、なぜ彼らが今神戸に暮らしているのかを、知りたいと思い始めます。

> わたしをかわいがってくれる人は、わたしをかわいがってくれる分だけ、つらいめにあってきたのだということが、このごろのわたしには、なんとなくわかるのです。だから、わたしはいっそう、みんなのことを知りたいのです。知らなくてはならないことを、知らないで過ごしてしまうような勇気のない人間に、わたしはなりたくありません。(276頁)

　小学6年生のふうちゃんのまっすぐな瞳は、大人たちをたじろがせ、そして勇気を与えます。読む人にも「自分が立っている〝今〟に到るまで、どんな道のりだったのか知っている?」と問いかけ、それと向き合うきっかけをくれたような気がします。そして、ふうちゃんと一緒に知る沖縄の歴史は、読みながら顔見知りとなった「てだのふぁ・おきなわ亭」の大人たちが体験したものとして知るがゆえに、生々しい痛みとして感じられ、読んでいて胸が苦しくなります。でもまっすぐにその痛みを見つめた小さな主人公に導かれ、支えられながら、この本を読み終えました。

　おはなしには、戦争の歴史だけでなく、沖縄でずっと受け継がれてきた料理や唄もたくさん登場します。特に「てだのふぁ・おきなわ亭」のシーンに登場する沖縄料理が実においしそう!ほかにも、会話に出てくる方言や島唄の歌詞、三線の音色など、沖縄の文化がたくさん描かれます。そうやって本の中で知った踊りや唄や料理は、今、沖縄を旅すれば実際に見て聞いて味わうことができます。そんなとき、心のどこかでこの物語を思い出し、年齢を重ねてきっとかっこいいおばちゃんになったふうちゃんに会えたらいいな、と思うのです。

　たくさん心を揺さぶられる物語を読んだあとは、お腹が空きますから、本に登場する沖縄料理の真打で元気をチャージしましょう。ふうちゃんのおかあさんのつくる「てだのふぁ・おきなわ亭」自慢のラフティーです。

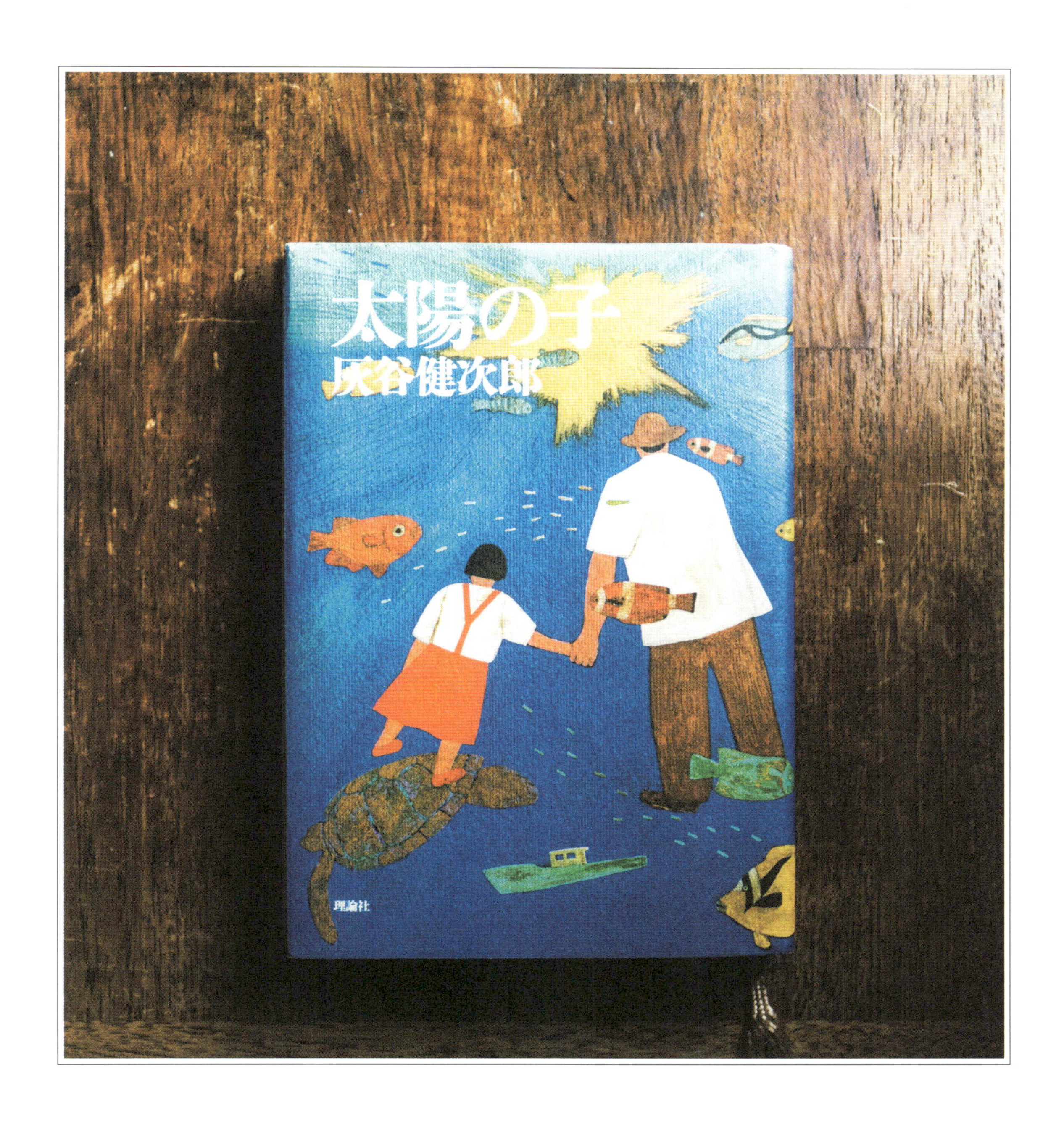

『太陽の子』

灰谷健次郎作（理論社）

沖縄出身のおかあさんとおとうさんが営む沖縄料理店は、毎夜常連さんが集い、沖縄自慢や島唄で大盛り上がり。そんな中、頑なに「私は神戸党！」と主張していたふうちゃんが、沖縄生まれのキヨシ少年との出会いや、おとうさんの病気の進行をきっかけに、大人たちの体験した戦争とそれが残した傷跡を知ろうとします。本書が刊行されたのは沖縄返還から6年後の1978年。戦後30年以上経った当時もまだ、沖縄の人たちが戦争の苦しみとともに生きていたことを思い知らされます。そしてそれを受け止めようとし、胸を引き裂かれるような体験をしたふうちゃんが、最後にピクニックをするシーンは生きる力や再生を感じさせ、1枚の絵のように心に残ります。

おかあさんのラフティーはみんなの自慢の味！

ふうちゃんのおかあさんにならって、泡盛で煮込みます。ほかにももっと秘伝秘法があるそうですが、大事なのはやっぱり〈まごころ〉だそうですよ。

〔材料〕（つくりやすい分量）

豚バラ肉（かたまり）　５００〜６００g
しょうが　小ひとかけ
出汁　３００mℓ
泡盛　２００mℓ
黒糖（粉末）　大さじ1と1/2
しょうゆ　大さじ２

〔つくり方〕

1 大きめの鍋にたっぷりの水を注ぎ、豚肉をかたまりのまま入れる。強火にかけ、沸騰したら中火にして10分ほど茹でる。

2 1を茹でこぼし、アクを水でよく洗い流す。鍋についたアクも洗い、肉と水を入れ、もう一度30分ほど茹でる。

3 豚肉を取り出して粗熱を取ってから、４〜５cmの大きさに切る。豚肉が重ならない状態で入る鍋に豚肉を並べ、出汁、泡盛、黒糖を加えて蓋をし、弱火でことこと20分ほど煮る。

4 しょうゆ半量を加えて、さらに20分ほど弱火で煮る。残りのしょうゆとせん切りにしたしょうがを加え、蓋をしてさらに煮込む。

5 肉が箸で切れる程度にやわらかくなったら火を止め、そのまま冷ましながら味を染み込ませる。食べるときには、軽く温める。

POINT
しょうゆは一度に全量を加えると、肉がかたくなってしまいます。半量ずつ加えて、味を馴染ませながら、やわらかく煮上げるのが大事です。

The Voyages of Doctor Dolittle

ドリトル先生航海記

×

楽しい夕ごはんに自家製ソーセージ

動物の言葉を、しかもさまざまな生き物の種類別に研究して話せるようになったという人物が登場するおはなしといえば、ドリトル先生とその冒険の物語。ドリトル先生は、犬や猫、鳥たちはもちろん、小さな昆虫や魚たちの言葉も研究し、習得しているのです。でも、いったいどうやって？

そのコツが語られているのが、シリーズ2作目の『ドリトル先生航海記』。語り手で助手のスタビンズ少年が「先生のように動物たちの言葉を学びたい」と、先生の家族のひとりであるオウムのポリネシアに相談したときのこと。英語もできる賢いポリネシアの答えはこうでした。

鳥や動物の、ごくこまかいところにも注意をはらうことがたいせつです。これがつまり観察力というものです。歩きかた、頭の動かしかた、羽ばたき、においをかぐときの鼻の動かしかた、ひげの動きぐあい、尾のふりかたなど。（中略）いろいろの動物たちは、たいていは舌では話をしないようです。舌のかわりに、呼吸や、尾や、足を使います。（58頁）

人間は言葉を得た分〈舌のかわり〉のコミュニケーション能力を失ってしまったようで、たくさんのサインを見落としている気がします。ポリネシアの言うように観察力を育めば、いろいろなものが見えて、世界がぐんと広がっていくのかも……そんな気がしてきます。

さて、『ドリトル先生航海記』ではそのタイトルどおり、ドリトル先生たちはある島を目指して船で海を渡ります。その道中のさまざまな事件は、助手のスタビンズくんによって、彼の感じたことや思ったことなどを織り交ぜながら、丁寧に綴られていきます。

このスタビンズくんという素晴らしい語り手の存在もまた（「シャーロック・ホームズ」シリーズの語り手であるワトソン博士のように）、このおはなしの大きな魅力です。たとえば本の冒頭では、先生のおうちの台所をこんなふうに表しています。〈それは、とてもすてきな台所でした。（中略）世界じゅうでいちばんりっぱな食堂よりも、食べ物のおいしい場所だと思いました〉（38頁）

確かに、家族や友人とおいしくごはんを食べられる場所は、世界でいちばん素敵な場所です。ちなみに、このときにドリトル先生がスタビンズくんにつくってくれたのは、ソーセージ料理。イギリスでソーセージ＆マッシュといえば、今も人気の定番料理です。買ってきたソーセージもおいしいですが、手づくりもまた楽しいもの。一緒につくって一緒に食べれば、台所はますます素敵な場所になるはずです。

『ドリトル先生航海記』
ヒュー・ロフティング作、井伏鱒二訳
（岩波書店）

ドリトル先生の評判を耳にし、怪我をしたリスの治療をお願いしようと、同じ町に住むトミー・スタビンズ少年は先生の家に向かいます。そして、自分も動物学者になりたいと助手になったスタビンズくん、さっそく先生と南太平洋のクモザル島へ向けて航海に出ることに。航海の様子や島でのできごと、そして最後に先生たちが帰国する方法も奇想天外で、最後の最後までワクワクが止まりません。作者ロフティングによる味のある挿絵も、本シリーズの大きな魅力です。

〔材料〕（5本分）
豚バラ肉（薄切り）　500g
塩　小さじ1/2
こしょう　少々
ナツメグパウダー　少々
粉ゼラチン　小さじ2

〔つくり方〕
1 豚肉は3～4㎝幅に切り、フードプロセッサーか包丁でたたいて粗めの挽き肉にする。
2 ボウルにすべての材料を入れ、粘り気が出るまでよくこねる。
3 2を1/5量ずつラップの上にのせ、それぞれ棒状に形を整える。ラップでくるくる巻いて両端はぎゅっとねじり、輪ゴムで結ぶ。残りも同様に巻いて、冷蔵庫で1時間ほど置く。
4 冷蔵庫から取り出した3のラップをはがし、アルミホイルで包み直し、フライパンに並べる。中火にかけて蓋をし、途中返しながら15分ほど蒸し焼きにする。

POINT 蒸したじゃがいもに塩とたっぷりのバターを混ぜたマッシュポテトを添えて、豪快にどうぞ！

The Secret Garden

秘密の花園

×

庭仕事の合間に食べるまん丸ぶどうパン

〈メリー・レノックスが、おじさまに引き取られてミセルスウェイト屋敷に来て住むようになったとき、こんなみっともない子どもは見たことがない、とみんなはいいました。それはたしかに本当でした〉（1頁）と、いきなりあんまりな紹介のされ方ですが、実際、『秘密の花園』の主人公のメリー・レノックスは、インドからイギリスのおじさんの家にやって来た当初、やせこけていて顔色の悪い、高慢ちきなお嬢さまでした。

だから物語の初めのころ、登場人物はしょっちゅう「むっ」としています。世間知らずのメリーの高飛車な物言いに、庭師のベンや使用人のマーサは「むっ」とし、一方のメリーも、田舎者のベンやマーサのぶしつけな物言いに「むっ」。そんな小さなぶつかり合いの中で、大人たちはメリーのことを少しずつ理解し、メリーは心を開いていきます。

メリーに影響を与えるのは、人間だけではありません。お屋敷を囲むヨークシャー地方の自然も、このおはなしの大切な登場人物であり、メリーの大切な友だちになります。庭で出会ったコマドリがメリーを気に入り、メリーがコマドリを人間みたいに感じるように、庭の植物たちも、そして空や風や光も、それぞれが語りかけ、メリーを変えていきます。

群がり生えている植物の根からは芽や茎がめざましい勢いでのび出ていました。クロッカスの茎の間には、開きかけている黄や紫の花がちらちら見えます。半年前のメリーだったら、世界がこんなに生き生きと目をさましかけているのに気がつかなかったことでしょう。でも今のメリーは何ひとつ見逃しはしませんでした。

（235〜236頁）

巡る季節に初めて出会い、心奪われるメリー。彼女は、お屋敷の一角に見つけた秘密の花園で植物を育てながら、その美しさや力強さに励まされていきます。読みながら私たちも、忘れられていた庭が息を吹き返し、生き生きと草花が育っていく様子にワクワクさせられます。悲しい思いやつらい思いをした人々を、自然が癒すことができるのは、こんなふうに春が来るたびに彩り豊かによみがえり、生きる歓びを教えてくれるからではないでしょうか。

閉ざされていた心の扉が開き、自然の生きる力や美しさに触れるようになると、お腹が空くようになるのも本当のこと。何も食べたくなかったし、何もおいしいと思えなかったメリーも、外で過ごすようになってしばらくしたある朝〈おなかがすくというのはこういうことなのだな、と思いました〉（67頁）と食欲に目覚めます。お腹が空くようになれば、もう大丈夫。

そして、お屋敷にずっと引きこもって心を閉ざしていたもうひとりの子どものコリンも、メリーと地元の少年ディッコンの子どもらしい生命力に感化され、庭の植物を育てながら、生きる力を取り戻していきます。

そうやって秘密の花園で庭仕事に励む子どもたちに、ディッコンのおかあさんが差し入れしてくれたのが、焼きたてのぶどうパンです。この差し入れにメリーとコリンは大喜び。外で元気に庭仕事していることがバレないように、ふたりはお屋敷で、お代わりを我慢して食欲のないふりをしていたのです！

物語の冒頭、メリーの姿は灰色の風が吹きすさぶ荒野の景色の中にありました。しかし読み進むにつれ、本の中には次第に青空が広がり、暖かな日が射してくるのが感じられます。そして最後には、ページいっぱいに色彩が広がり、弾ける笑顔にあふれた風景に、読む人はたどり着くことができるはずです。

『秘密の花園』
フランシス・ホジソン・バーネット作、猪熊葉子訳、堀内誠一絵（福音館書店）

両親を亡くし、インドからイギリスのヨークシャー地方の伯父の屋敷に引き取られたメリー。屋敷の周りはムーアと呼ばれる荒野が広がり、大きなお屋敷にひとりぼっち。そのうち季節は冬から春へと移り変わり、メリーは使用人のマーサや庭師のベンに教えてもらいながら大自然を楽しむようになっていきます。ある日、お屋敷のふたつの秘密を見つけたメリーは、彼女のやり方で閉ざされていた扉を開きます。ヨークシャー地方は、イギリス北部。冷たい雨と灰色の曇り空の冬が終わると、大地は息を吹き返し、草花に覆われます。そんなドラマチックな大自然は、この作品だけでなく、多くの文学作品、芸術作品にインスピレーションを与えています。

庭仕事の合間に食べる まん丸ぶどうパン

素朴な丸いぶどうパンは、ほんのり甘く優しい味。お好みでオレンジピールなどを加えてもおいしいです。

〔材料〕（直径約10㎝のパン6個分）

強力粉　300g
レーズン　80g
牛乳　100㎖
ドライイースト　小さじ1と1/2
卵　2個
オリーブオイル　大さじ2
塩　小さじ1
砂糖　大さじ3

〔下準備〕

・卵は常温に戻しておく。

〔つくり方〕

1 牛乳は45℃程度に温め、砂糖ひとつまみ（分量外）とドライイーストを加えて優しく混ぜ、10分ほど置く。

2 大きめのボウルに卵、オリーブオイル、塩、砂糖を入れ、泡立て器でよく混ぜる。強力粉1/3量を加えてなめらかになるまですり混ぜる。さらに1を加えて全体に馴染むまで1分ほど混ぜたら、20分ほど暖かい場所に置く。

3 2に残りの強力粉とレーズンを加えて木ベラで混ぜる。ベタついて作業しにくいようなら、強力粉を大さじ1（分量外）加える。生地がボウルにつかなくなってきたらまとめて、ボウルにふんわりラップを被せ、暖かい場所で1時間ほど発酵させる。

4 生地が2〜2.5倍程度に膨らんだら、打ち粉少々（分量外）をした台の上に出し、カードまたは包丁で生地を6等分する。オリーブオイル少々（分量外）を手につけ、切り口を1か所にまとめるようにして閉じる。閉じ目を下にして、オーブン用シートを敷いた天板に間隔を空けて並べる。ふんわりラップを被せ、30分ほど発酵させる。

5 発酵の終わり時間に合わせ、オーブンを180℃に温める。生地に被せたラップをはがして、天板を温めたオーブンに入れ、15〜20分焼く。まんべんなく焼き色がつき、表面を軽くたたいたときに乾いた音がすれば焼き上がり。

POINT

牛乳はイーストを加えて10分程度置くと、プクプク泡立ってきます。泡立たない場合は40℃程度の湯煎にかけて、牛乳を再度温めてみてください。イーストは30℃程度からよく働き、50℃以上になると死んでしまうので気をつけて。

Iya Iya En

いやいやえん

×

子ぐまのこぐちゃんと食べたいピーナッツおこわのおにぎり

〈ちゅーりっぷほいくえんには、子どもが三十人います。その中の十八人は、ほしぐみ、十二人は、ばらぐみです。ほしぐみというのは、らいねん、がっこうへいくくみですから、みんないばっています〉（1頁）と始まるのは、真っ赤な表紙が印象的な本『いやいやえん』です。

　この本のページをめくるのが楽しい理由は、ふたつあります。ひとつは、各ページに添えられている挿絵。子どもたちや登場人物が表情豊かにのびのびと動き回っている絵を追いかけて行くだけでも、おはなしの世界を堪能できます。この絵を手掛けている大村百合子さんは作者の中川李枝子さんと実の姉妹。あるインタビューでおふたりが楽しそうに子ども時代の思い出話をされていたのが印象的で、おはなしと絵がぴったり寄り添っているのは、ふたりが一緒に空想力や想像力を培ってきたからなのかもしれないと思わされました。

　もうひとつの魅力は、その空想力から生まれたストーリー。おはなしは、子どもたちの日常から自由に広がっていきます。つみきの船でくじらとりに出かけたり、子どもたちを食べようとしたおおかみと対決したり、黒い山で鬼の男の子とおしゃべりしたり……というと、ファンタジー冒険物語に聞こえるかもしれませんが、主人公のしげるは、賢く危機を乗り越えたりもしないし、勇敢に戦ったりもしないし、王様からほうびをもらったりもしません。代わりに、言うことを聞かずに痛い目にあい、反省するものの、「やってはいけないよ」「こうしなさいね」という大人との約束をケロッと忘れて好奇心に誘われ、また知らず冒険に足を踏み込みます。そんなしげるたちの言動は、ときに憎たらしくもありますが、素直で一生懸命。

　そんな「こういう子いるいる！」というリアルな子どもの姿が大人にとってはおもしろいのですが、子どもたち自身がこの本を好きなのは、やんちゃ坊主への憧れ……だったりするのかもしれませんね。

　そんなしげるにまったく動じず一枚上手な対応をする、おかあさんやはるのせんせいも魅力的です。たとえば、はるのせんせいが「ほいくえんにいってもいいですか？」とお手紙をもらい「どうぞいらっしゃい」と呼んだ〝やまのこぐ〟ちゃんが、実は〝子ぐま〟だったことが分かったとき。はるのせんせいはびっくりしながらも優しく迎えてくれます。読んでいると、こぐちゃんと一緒にほめられたような気がして、つい笑顔になってしまいます。


「まあ。子ぐまのこぐちゃんだったの。」

　はるのせんせいは、こぐのあたまを、なでました。

「おてがみ、じょうずね。」

「うん、はるのせんせいも、おてがみじょうずだね。」

「おかあさんに、おくってきていただいたの？」

「いいえ、ひとりできたの。ままは、とても大きいから、ほいくえんにはいれないでしょう。」

「こぐちゃんは、おりこうね。」

　こぐは、ほめられてうれしくなりました。（78〜79頁）

　転入生のこぐちゃん、ちゃんとお弁当も持ってきています。それは、山の子ぐまらしい、笹の葉に包まれた、木の実入りのおにぎりです。とてもおいしそうに思われたので、ちょっと真似して、木の実の代わりにピーナッツを入れたおにぎりをつくりました。

〔材料〕（10個分）

米　2合（300g）
もち米　1合（150g）
水　3合（540ml）
ピーナッツ　60g
塩　小さじ1と1/3

〔つくり方〕

1　米ともち米は合わせて研ぎ、たっぷりの水に30分ほど浸したらザルに上げて水をきり、炊飯器の釜に入れる。分量の水とピーナッツ、塩を加え、軽く混ぜて炊く。

2　炊き上がったらさっくりと全体を混ぜ、手水をつけながら好みの大きさににぎる。

POINT　お好みで、炊き上がったごはんにごま油少々を混ぜてもおいしいです。もち米入りのごはんは、冷めてももっちりしているので、お弁当にもぴったりです。

『いやいやえん』
中川李枝子作、大村百合子絵
(福音館書店)

ちゅーりっぷほいくえんに通うしげる。毎日お友だちとほいくえんでいろいろなことをして過ごしています。何べん怒られても、自分の好奇心が動かされたら大人の注意をすっかり忘れてしまいます。その結果、思わぬ冒険をすることになったり珍事件を起こしたり……。そんなしげるの毎日を描いた7つのおはなしが、この本には収録されています。この本に登場するおおかみやこぐちゃんは、この本のあとに出版された『ぐりとぐら』にも登場します。ぜひ合わせて読んで、両方に登場するキャラクターを見つけてください。

SUMMER:
TIME TO BE OUTDOORS

外に誘われる夏

Alice's Adventures in Wonderland

ふしぎの国のアリス

×

私をお食べ！と甘く誘うケーキ

『ふしぎの国のアリス』は、ある夏の晴れた日に、3人の小さな女の子たちが「おはなしをして！」「おもしろくなきゃ嫌よ！」とせがんで語ってもらった、彼女たちのためのおとぎ話です。誰かのために一生懸命に創られたおとぎ話は、その誰かだけでなく、みんなを魔法にかける力を持ちます。幸い、おはなしの語り手であるルイス・キャロルが本にまとめてくれたので、私たちは、ページを開けば、いつでもアリスと一緒にふしぎの国を旅することができるのです。

　そのふしぎの国へのエントランスは、ご存じウサギの穴です。時計を見ながら慌てて走っていった白ウサギを追いかけてウサギ穴に飛び込んだアリスは、地球の反対側へ出るのかと思うほど、ついにはうとうと夢を見るほど長い間、穴を落ち続けます。そして穴の底からウサギのあとを追ってたどり着いたのは、広間でした。そこでアリスはあの「私をお飲み」という瓶入りの飲み物と、「私をお食べ」というケーキを食べて、大きくなったり小さくなったりして、ふしぎの国を自由自在に歩き回るようになるのです。

　それにしても、ふしぎの国の住人たちはかわいげがなくて、すぐには愛しにくいキャラクターばかりです。それをよく表した素晴らしい挿絵が、子どものころには不気味に感じられ、そのせいでこの本にはちょっととっつきにくさを感じていたものです。不機嫌なイモムシ、カエルみたいな顔の召使いは感じが悪いし、皿を投げまくる料理女に、荒っぽい公爵夫人、赤ちゃんはブタになっちゃうし、三月ウサギと帽子屋はナンセンスな会話を続けるし、女王様だってすぐ「首をちょんぎれ！」と叫びます。そして、ニセ海ガメとグリフォンは訳の分からない歌を延々と歌い続けます。

　そんな思いどおりにならない感じや、とっちらかって不条理であることこそが、このふしぎの国のおはなしの魅力です。何もかもがデタラメだからこそ、ただただ楽しい。夜見る夢が、設定はメチャクチャなのに、妙に楽しく感じられるように。そして、そのデタラメが加速していき、私たちはふと気づきます。あ、これは夢なんだ、と。アリスもそうやって、ふしぎの国から帰還するのです。

「その者の首をちょんぎれ！」と女王はあらんかぎりの声をふりしぼってどなりました。だれも動こうとはしません。
「だれがあなたのことなんか気にするものですか」とアリスは言いました（このときにはもうふだんの背たけにもどっていたのです）。「あなたがた、たかが一組みのトランプのくせに！」
　それを聞くと、トランプのふだはみんな空中に舞いあがり、アリスめがけてひらひらと落ちかかってきました。（176頁）

　アリスが目覚めるのと同時に、私たちもアリスと一緒にふしぎの国で過ごした時間を惜しみながら、本を閉じます。そうして、奇妙で親しみにくかったふしぎの国の住人たちが、懐かしく思えてきたりするのです。

　そして、本を閉じたあとにいつも思いを巡らすのは、アリスがふしぎの国で最初に食べた「私をお食べ！（EAT ME!）」ケーキはどんな味だったのかな、ということなのでした。

『ふしぎの国のアリス』
ルイス・キャロル作、生野幸吉訳、
ジョン・テニエル絵（福音館書店）

暑い夏の午後、庭でぼんやりとお姉さんに本を読んでもらっていたアリスは、ウサギが時計を見ながら慌てて走っていくのを見かけます。そのあとを追って、ふしぎな世界に迷い込んだアリスは、その住人たちとシュールでナンセンスな対話をしながら、奇妙な冒険をしていきます。これが本になったのが1865年。本書の挿絵も、このときに生まれたものです。あとがきによると、キャロルは挿絵をあんまり気に入っていなかったようですが、のちに描かれたどんなアリスの絵よりも、これが最もアリスの世界観を表現しているような気がします。

EAT ME

私をお食べ！と甘く誘うケーキ

それはきっとこんな味だったのでは……「ふわふわでむっちりで、甘くてさわやかで、スパイスが香って、カリッと香ばしい」。大丈夫、これを食べても背たけは変わりません！

〔材料〕（21×8×高さ6㎝のパウンド型1台分）

ケーキ
- にんじん　1本（150g程度）
- くるみ　30g
- レーズン　30g
- ラム酒　小さじ2
- 薄力粉　150g
- ベーキングパウダー　小さじ1
- シナモンパウダー　小さじ1
- ナツメグパウダー　小さじ1/2
- 卵　2個
- 三温糖　60g
- 菜種油　80㎖

アイシング
- クリームチーズ　50g
- バター（無塩）　15g
- 粉砂糖…25g
- レモンの皮のすりおろし　少々

飾り用のレーズン　適量

〔下準備〕
- ・クリームチーズとバターは室温に戻しやわらかくしておく。
- ・レーズンはラム酒に15分ほど漬けておく。
- ・型にオーブン用シートを敷いておく。
- ・オーブンは180℃に温めておく。

〔つくり方〕

1. にんじんは皮をむき、フードプロセッサーでみじん切りにする。くるみとレーズンはざっくり刻む。薄力粉、ベーキングパウダー、シナモンパウダー、ナツメグパウダーを合わせてふるう。
2. 大きめのボウルに卵を割り入れ、三温糖を加えて泡立て器でよくほぐす。菜種油、にんじんも順に加え、その都度よく混ぜる。
3. 2にふるっておいた粉類とくるみ、レーズンを一気に加える。ゴムベラで全体を底からすくい上げるようにざっくり混ぜる。
4. 生地を型に流し込み、型を少し持ち上げテーブルに1、2回落として空気を抜く。天板にのせ、温めたオーブンで30～40分焼く。竹串を刺して何もついてこなければ焼き上がり。網などにのせて冷ます。
5. アイシングをつくる。ボウルにクリームチーズとバターを入れてゴムベラでよく練り混ぜ、粉砂糖とレモンの皮のすりおろしも加えてさらに混ぜる。
6. 型からケーキを外し、オーブン用シートをはがす。ケーキの上面を平らになるように少しカットし、アイシングを塗って、冷蔵庫に入れて冷やす。
7. 仕上げに、飾り用のレーズンで「EAT ME」の文字を綴る。

POINT 焼いている途中、焦げ目がついてきたら竹串で刺して焼き加減を見てください。まだ焼く必要があるようでしたら、アルミホイルを被せて焦げないようにしましょう。

だれも知らない小さな国／だれもが知ってる小さな国

×

時代を超えて きずなを つなぐ サンドイッチ

この本を読んだことのある人はきっと、その存在を知らせるサインが自分の周りのどこかにもないだろうかと、注意深く探したことがあるのではないでしょうか。小さな国の小さな住人が、自分を仲間だと認めて、その姿を表してくれるんじゃないか、と。

『だれも知らない小さな国』の主人公は、子どものころに初めてその小さな姿を目にします。そしてずっと、自分の周りにその存在を感じ、彼らはコロボックルなんじゃないかと思い続けるのです。そして、大人になった主人公がいよいよ彼らと対面して仲間になると、一緒に夢の計画を動かし始めます。

おはなしが進み、コロボックルたちが頻繁に登場してくるようになると、読んでいる人にもコロボックルの声が聞こえ、姿が見えてくるようになります。カタカナで表記されたコロボックルのおしゃべりは、読む人の耳にコロボックルの声や話し方を教えてくれます。村上勉さんの挿絵の力にも助けられ、雨の日にはみのむしの袋のレインコートを着たり、変装のためにアマガエルの皮を着たりするコロボックルたちの姿も、頭の中にはっきりと描けます。アマガエルやみのむしを見ると「もしかして?」と思ってしまうほど、このおはなしを通してコロボックルの存在を、たとえ何のサインも見つけられなくても、いつも近くに感じていたような気がします。

そんな思い出に浸りながら書店に並んでいた『だれも知らない小さな国』を手に取ってみたら、最新の〝続編〟が2015年に発売されたというではないですか！　それは「図書館戦争」シリーズや『空飛ぶ広報室』などで知られる小説家、有川浩さんによる『だれもが知ってる小さな国』。子どものころに読んだ大事な物語の続きが、今また、新しい書き手によって描かれるなんて！　そのワクワクは、コロボックル物語を生み出した佐藤さとるさんも同じだったようで、あとがきにはこうあります。

> こういう形で物語を継承してくれる、という例は、あまり知りません。小生としては大変名誉なこと考えています。すごい人を見つけてよかったな、というのは、コロボックルたちの言葉です。佐藤さとるが替りに言っておきます。
> （『だれもが知ってる小さな国』287頁）

そして、新しい書き手がつくった続きの物語のそこここには、古いコロボックル物語への愛情が滲み出ています。平成のコロボックル物語を読んでいると、このフレーズやシーンは昭和のコロボックル物語にもあったようなデジャヴを感じたりもして、お馴染のコロボックルたちが、自分のもとにまた帰ってきてくれたような、そんなうれしい気持ちになりました。

そんなふうに、別々の作者によって描かれたふたつの物語の両方に登場するのが、サンドイッチ。どちらのおはなしの中でも、登場人物がコロボックルとのきずなを深める大切な場面に登場する食べ物です。

最近では、サンドイッチにもいろんなスタイルや具材があってバリエーション豊かになりましたが、今も昔も変わらない定番の味をつくりました。

〔材料〕（2人分）

サンドイッチ用パン（8〜10枚切り）　6枚
ハム　大3枚
きゅうり　1本
塩　少々
バター　大さじ1
フレンチマスタード　小さじ1

〔つくり方〕

1 常温に戻してやわらかくしたバターにフレンチマスタードを加え、よく練り合わせる。きゅうりは4〜5㎝長さの縦薄切りにして塩でもむ。

2 パンの片面に、1のマスタードバターを薄く塗る。

3 マスタードバターを塗った面にハムを1枚のせ、水気を絞ったきゅうりを並べてもう1枚のパンでサンドする。残りも同様にハムときゅうりをサンドする。3組を積み上げ、上から大きめの皿を裏返してのせ、3分ほど置いて落ち着かせる。

4 パンがずれないように押さえながら、食べやすい大きさに切る。

POINT 上手く切るのが難しいですが、包丁をガスの炎で温めるときれいに切れます。パンに包丁を刃先から斜めに入れ、すっと手前に引くのがコツです。

『だれも知らない小さな国』
佐藤さとる作、村上勉絵
『だれもが知ってる小さな国』
有川浩作、村上勉絵（ともに講談社）

「二十年近い前のことだから……」と語り始められるふたつの物語。1959年（昭和34年）に初版が発行された『だれも知らない小さな国』は、佐藤さとるさんによる、コロボックルと人間の交流を描いたロングセラーの物語。この物語の続編が、2015年（平成27年）に有川浩さんの手によって紡がれた『だれもが知ってる小さな国』です。どちらの作品にも、豊かな自然の様子が鮮やかに描かれ、一度読むとそこに生きるコロボックルたちの姿が忘れられません。そして、賢くて勇敢な彼らと人間とが信頼関係で結ばれ、コロボックルたちの暮らしを守っていくための奮闘が始まります。

The Adventures of Tom Sawyer

トム・ソーヤーの冒険

×

無人島で食べる朝ごはんは魚とベーコンのソテー

『トム・ソーヤーの冒険』は冒険小説の不朽の名作として、世紀を超えて愛されてきた物語です。日本でも1980年にテレビアニメとして放送されたので、大人のみなさんの中にはオープニングの主題歌を今も歌える、という人も少なくないかもしれません。ミシシッピー川の自然や外国の街の中に描かれる、やんちゃな男の子たちの冒険の日々は、とってもまぶしく魅力的でした。

　その後、もう少し大人になってから手にしたのが、家の書棚にあった文庫版の『トム・ソーヤーの冒険』でした。おはなしの舞台は1840年代のアメリカ南部。本の中には、アニメでは描かれていなかったその当時の風習――迷信やまじない、信仰、そして差別や偏見――も描かれ、物語を通じて「こういう時代があったのか」と古い価値観に触れることにもなりましたが、しかしそれがアニメで味わったような憧憬を損なうかというとそんなことはなく、トムとハックたちの日々は小説で読んでもやはり魅力的でした。

　主人公のトムは、大人の目を盗んで学校や仕事をサボったり、調子よく嘘をついたり、初めて吸ったタバコで具合が悪くなったり、虫や花を相手に自分の運を占って一喜一憂したり、好きな女の子の気を引くために小さな努力を積み重ねたり、許しを得るために自己犠牲を払ったり……本に描かれているトムのほうが不良でおバカで、でも優しさや誠実さも際立って感じられ、いっそう魅力的に感じました。

　このおはなしは、作者の自伝的小説であるといわれていますが、「ヘンなことに真剣になるのはいつの時代も男子のサガなのか!?」と苦笑させられるエピソードも多数。たとえばおはなしの前半、トムの盟友のハックの初登場シーンでは、ふたりでえんえんと5頁以上にわたって「イボを取るおまじないの数々」について議論し、最後にはハックが「今年初めて見たダニ」を自慢、それが欲しくなったトムは「その朝抜けた歯」を自慢、それぞれの価値を認め合ったふたりは宝物を交換して満足する……という男子ワールド炸裂なシーンが登場します。

　そんな彼らにとって、食事の時間はお行儀よくしていなくてはならないことが苦痛だったのか、このおはなしに食事のシーンはほとんど出てきません。それゆえに一際輝くのが、トムたちが無人島に家出したときの朝ごはんのシーンです。釣ったばかりの白身魚とベーコンのソテーを食べた彼らはびっくりします。〈こんなにうまい魚は食べたことがないようだったからだ〉（177頁）。昔も今も、外の空気と空腹はやっぱり最大の調味料なのですね。

　作者は、大人の目からみればくだらないかもしれない男子の日々のエトセトラを少しも省くことなく、丁寧に綴っています。おかげでそれを読んでいるうちに、ディテールは違えども、似たようなことに夢中になったな……と自分の子ども時代を思い出して懐かしい気持ちにもなりながら、彼らのサスペンスに満ちた冒険に引き込まれていくのです。

　まえがきには、こんな風に書かれています。

　大人たちに、自分がかつてどんなだったか、どんなに感じ、考え、話したか、そしてときには、どんなに奇妙なことをくわだてたかを、楽しく思いだしてもらおうというのが、わたしのもくろみの一つだったのだから。（3頁）

　トウェインさん、そのもくろみは、今でも有効のようですぞ！

〔材料〕（2人分）

カレイ（切り身）　2切れ
ベーコン（スライス）　2枚
薄力粉　大さじ1
塩　少々
こしょう　少々
オリーブオイル　小さじ2

〔つくり方〕

1 ベーコンは細切りにする。カレイは両面に塩をふって10分ほど置き、出てきた水気をペーパータオルで軽くふく。

2 フライパンを中火にかけ、ベーコンを炒める。脂が溶け出したら弱火にし、カリッとするまで焦げないようにしっかり炒め、ベーコンを一度取り出す。

3 ベーコンの脂を残したフライパンにオリーブオイルを加える。カレイに薄力粉を薄くまぶしてからフライパンに入れ、蓋をして中火で蒸し焼きにする。きつね色に焦げ目がついたら裏返し、ベーコンを戻す。再び蓋をして5分ほど焼き、仕上げにこしょうをふる。

POINT 皿に盛ればレストラン風、フライパンごと出せばキャンプ風のテーブルになります。カレイのほか、サワラやスズキなどでもおいしくつくれます。

『トム・ソーヤーの冒険』
マーク・トウェイン作、大塚勇三訳、八島太郎絵（福音館書店）

ミシシッピ川沿いの小さな村で、両親に先立たれたトムは弟のシッドとともにポリーおばさんに育てられています。おとなしいシッドとは対照的に、トムはポリーおばさんを手こずらせるやんちゃ坊主。おばさんの目をごまかし、罰を上手にかわして、今日も盟友のハックと冒険の日々。ある日、ふたりは殺人事件を目撃してしまいます……。作者が、自身の少年時代を過ごした古き時代を懐かしみながらも、ときに皮肉たっぷりに当時の様子を描写しているのも、この本のおもしろさのひとつだと思います。

Dear Enemy

続あしながおじさん

×

心を近づけるマフィンとベーコンエッグの外ごはん

私だけかもしれませんが、スコットランドの訛りのある英語の映画を観ていると、字幕を追いながらもそのセリフが脳内で東北弁に変換されるという事態が起きます。なぜそんなことが起きるのか？　それは子どものころにこの『続あしながおじさん』を読んだことが原因です。

『あしながおじさん』といえば、施設育ちのジュディが大学の学費を出してくれた投資家に綴った手紙で構成されている小説で、読んだことがなくてもタイトルは知っている、という人も多い名作。でも、その続編である『続あしながおじさん』の存在はそれほど知られていなくて、「えっ、続きあるの？」と驚く人も少なくないでしょう。

『続あしながおじさん』は、前作のエンディングからすぐあとの物語。ただし主人公は前作の孤児のジュディからジュディの同級生のサリーに、場所は大学からジュディが育った施設に変わります。大学を卒業後、のんびり社交界に生きていたサリーは、ジュディから直々に施設の院長に指名されます。そのことに困惑している返信の手紙から、おはなしが始まるのです。

いやいやながら引き受けた院長職ながら、やるとなったらとことん施設の改革に邁進していくサリー。彼女が綴った、主にジュディへの手紙を通して、読者は施設の生活の変化の様子や日々起きる事件を追いながら、大胆かつウィットに富んだサリーという人を知り、彼女の高まる仕事への情熱、そして乙女心の揺れ動きをなぞっていくことになります。

本書の原題は「Dear Enemy（強敵さんへ）」です。この「強敵さん」とは、施設の嘱託医のマックレイ先生のことで、本書の重要な登場人物です。気難しい先生と頑固者サリーはことあるごとに衝突し、サリーは「強敵さんへ」と手紙を書いて、主張を伝えたり、依頼をしたり、仲直りしたりしながら、お互いの理解を深めていきます。

そして冒頭に述べた件ですが、まさにこのふたりこそが、「訛りが東北弁に脳内変換される」原因です。マックレイ先生はスコットランド人で、一方サリーの家族もスコットランド系。同じルーツを持つふたりの会話には、しばしば訛りが飛び出します。たとえば、先生が興奮して前院長や評議員の悪口を言うシーンはこんな感じ。

「リペット院長だってが！　あのばがめ、年よりのくせに口ばしえぐで（おしゃべりで）！　あの評議員もさがし（ましな）男だばええどもな！」と、先生はうなりました。
この先生は、興奮すると、スコットランドなまりがまるだしになります。（60〜61頁）

突如文中に登場する東北弁のような言葉づかいに、小さな読者は、外国の言葉にも方言があるんだ！　ということを発見しながら、スコットランド訛り＝東北弁、ということをインプットされてしまったわけです。

実は新潮文庫版の訳では、このスコットランド訛りが関西弁ふうになっているのですが、それによってマックレイ先生のキャラクターが全く変わってしまうことにびっくり！　訳によって味わいの変わる翻訳文学のおもしろさも、この本は教えてくれるのです。

そんな感じでサリーとマックレイ先生は、ケンカもするけど仲もよく、ある日は一緒にドライブに出かけます。気持ちのよい夕暮れを丘で過ごし、焚き火で焼いたベーコンと卵にマフィンを添えて、外ごはん。外で食べる食事は、それがどんなに簡素なものでも、忘れられないほどおいしく感じられ、一緒に食べる人同士の心をぐっと近づける大切な時間になる。それも、この本が教えてくれることのひとつです。

『続あしながおじさん』
ジーン・ウェブスター作、北川悌二訳
（偕成社）
物語を構成するサリー発の手紙には、施設で起きるさまざまな事件、子どもたちが変化していく様子が報告され、また、サリーの仕事への意識や結婚観なども綴られます。そして次第に、嘱託医のマックレイ先生と婚約者ゴードンの間で揺れる気持ちが手紙の中に表れてきて……物語のクライマックス、すべてを決定づける大事件が起きるのです。おはなしの舞台は20世紀初頭のアメリカ。経済成長の一方で、貧富の差が開いて社会問題になりつつあったころです。そんな時代背景を探りつつ、社会福祉の改革に取り組んだ富裕層の女性の奮闘記として読むのもおもしろいかもしれません。

心を近づけるマフィンとベーコンエッグの外ごはん

卵とベーコンに添えるマフィンといえば、丸くて平たいイングリッシュマフィン。焚き火であぶったら、格別においしいでしょうね。

〔材料〕（6個分）

イングリッシュマフィン
- 強力粉　200g
- コーンミール　30g
- 砂糖　大さじ1
- ドライイースト　小さじ1
- ぬるま湯（35℃程度）　120〜130mℓ
- 塩　小さじ1/2
- バター（無塩）　12g

仕上げ用のコーンミール　大さじ1

ベーコンエッグ（2人分）
- 卵　2個
- ベーコン（スライス）　2枚
- オリーブオイル　小さじ1

〔下準備〕
- バターは冷蔵庫から出して常温に戻しておく。

〔つくり方〕

1. 大きめのボウルに強力粉、コーンミール、砂糖、ドライイーストを入れて混ぜる。ぬるま湯を少しずつ加え、菜箸で混ぜる。塩を加えてよく混ぜ、バターを小さくちぎって散らす。
2. 手でこねながら生地をまとめる。ひとまとまりになったら、生地をボウルの壁に押しつけながらのばして、たたみ、またのばしてたたむ……を、3〜5分繰り返す。
3. ボウルから生地を取り出し、台の上にたたきつけてのばしてはたたむ……を、生地の表面がなめらかになるまで5分ほど続ける。
4. 生地を丸くまとめてボウルに入れてラップをふんわりと被せ、生地が2〜2.5倍に膨らむまで暖かい場所に1時間ほど（夏場は40分程度）置いて発酵させる。
5. 生地が膨らんだら、真ん中を拳でそっと押しながらガスを抜き、カードまたは包丁で6等分にする。切り口を1か所にまとめるようにして閉じる。閉じ目を下にしてオーブン用シートを敷いた天板に間隔を空けて並べる。かたく絞った濡れフキンを被せて15分ほど休ませる。
6. 膨らんで弾けた閉じ目を再度つまんで閉じ、形を丸く整えて天板に置き直す。
7. 仕上げ用のコーンミールを全体にふる。上からオーブン用シートを被せ、バットをのせて軽く重石をし、1時間ほど発酵させる。
8. 発酵の終わり時間に合わせてオーブンを190℃に温める。生地の上にバットをのせたまま、温めたオーブンに入れ、15分ほどきつね色になるまで焼く。
9. 焼いている間にベーコンエッグをつくる。フライパンを中火にかけ、温まったらオリーブオイルをひいてベーコンを並べ、卵を割り入れる。お好みの焼き加減のベーコンエッグに、焼きたてのマフィンを添える。

POINT　イングリッシュマフィンは上から軽い重石をすることで平らに焼き上がります。重石をしないで焼けば、こんもり丸く焼き上がります。

Blubber

いじめっ子

×

こっそり食べたいピーナッツバターのサンドイッチ

学校には、苦手な先生もいるけど好きな先生もいて、放課後には友だちと延々おしゃべりをして笑い合って秘密を分かち合って……と楽しく愉快である一方で、ダークな面もありました。パワーのある女子チームに目の敵にされて憂鬱になったり、仲良しだと思っていた友だちがふたりだけの秘密を別の子にバラしてしまって悲しくなったり、陰口をたたかれていたことを知って傷ついたり……。そんな学校生活を思い出させるのが、『いじめっ子』という物語。アメリカの小学校を舞台に子どもたちの日常が描かれます。

些細なことをきっかけに、いじめっ子といじめられっ子という構図が生まれ、ちょっとしたことでまたその構図がひっくり返る。本に描かれるその様子に、自身の学校生活を照らし合わせたり、登場人物のひとりがクラスのあの子に似ているかも、なんて考えたりしたものです。

主人公は5年生のジル。学校には女王様のウェンディが君臨していますが、なんとかうまく学校生活を送っています。でも、親友のトレイシーに言わせると、それはウェンディのいいなりになっているだけ。そんなジルにトレイシーが放つひと言が痛烈です。

「あんた、どう思う？」
ならんでバスをおりながら、わたしはトレイシーにたずねた。
「あんたはウェンディがこわいんだと思う。」
とトレイシーは答えた。（212頁）

女王様ウェンディを中心としたいじめっ子たちの意地悪の数々は、読む人の眉をひそめさせます。でも、訳者があとがきに書いているように〈そこには、相応の報いが準備されていません〉（259頁）。それは、子どもの世界の成り行きをそのままに描くことで、読者に自分自身の結論を導き出してほしい、という作者の願いゆえだといいます。

ジルとトレイシーも、ひどいいたずらをするわ、その反省中にすらとんでもないことをしでかすわ、決して「いい子」ではありません。でもこのおはなしのあと味は嫌なものではありません。いろんな経験をしたジルは、きっと成長して変わっていくのだろうなと思わされるからです。自分にとって大切なものは何か、それを守ってこのシビアな世界をうまく泳いでいく方法は何か、ということを見出しながら。そしてジルのそばにも小さな読者のそばにも、家族や親友という厳しくも優しい、絶対的な味方がいつもいてくれるんだ、と勇気づけられるのです。

そういえば、主人公のジルはひどい偏食っ子でもあります。招待されたパーティでは食べられるものが何もなく、カバンに忍ばせてきたピーナッツバターのサンドイッチをトイレで食べるほど。彼女がこっそり食べるピーナッツバターのサンドイッチは、妙においしそうに感じられたものです。

そんなジルのために、今日はちょっとスペシャルなピーナッツバターのサンドイッチを。おやつにぴったりな甘ぁいのと、大人のおつまみにもぴったりなしょっぱいものとの2種類です。みなさんも、小腹が空いたときにこっそりどうぞ。

〔材料〕（各1人分）

甘いサンドイッチ
- 食パン（8～10枚切り）　2枚
- ピーナッツバター　適量
- ビスケット　1枚
- 削ったチョコレート　大さじ1

しょっぱいサンドイッチ
- 食パン（8～10枚切り）　2枚
- ピーナッツバター　適量
- アボカド　$\frac{1}{4}$個
- 生ハム　2枚
- レモン果汁　少々
- 塩　ひとつまみ

〔つくり方〕

1 甘いサンドイッチをつくる。ポリ袋にビスケットを入れ、上から麺棒でたたいて粗くくだく。食パンはトーストし、片面にピーナッツバターをたっぷり塗り、パンが温かいうちにチョコレートとビスケットをのせて、サンドする。大きめの皿を裏返してのせ、3分ほど置いて落ち着かせる。

2 しょっぱいサンドイッチをつくる。アボカドは種を除いて皮をむき、薄切りにする。食パンはトーストし、片面にピーナッツバターをたっぷり塗る。生ハムをちぎってのせ、アボカドを重ね、レモン果汁と塩をふり、サンドする。1と同様に皿で重石をして落ち着かせる。

3 それぞれのサンドイッチを食べやすい大きさに切る。

POINT

水飴などの入ったピーナッツクリームではなく、ピーナッツ以外の副材料をあまり使っていないピーナッツバターを。アメリカ産のものは、原材料の90％以上がピーナッツと決められており、濃厚でおすすめです。

『いじめっ子』
ジュディ・ブルーム作、長田敏子訳
（偕成社）

主人公ジルの学校や家での日々が綴られる中、その鋭い観察眼で大人たちや友だちの様子も描写され、同時にジルの心の中も見えてきます。ある日、ある事件をきっかけに、女王様的存在のウェンディを中心にしたいじめっ子たちのターゲットになってしまったジル。じっと観察し、自分がどうすべきかを考えて行動していきます。作者のブルームは1970年代から活躍し、子どもたちの悩みや葛藤をテーマにした作品を数多く発表。アメリカでティーンズを対象にした人気の文学ジャンル「ヤングアダルト」の源流ともいわれる作家です。

Deux Ans de Vacances

二年間の休暇

×

漂流生活の始まりに缶詰のスープ

映画好きで冒険物語好きの親を持つと、最新の劇場公開作品だけでなく『海底二万哩』（1954年）や『八十日間世界一周』（1956年）など、冒険映画のクラシックにも子どものころに親しむことになるわけで、私は特に『海底二万哩』のノーチラス号とネモ船長に憧れ、のちに同じ小説を元にしてつくられたテレビアニメにも夢中になったものでした。

　これらの作品の原作者は、ジュール・ヴェルヌ。本人にも冒険好きの血が流れていたようで、少年のころに船に潜り込んで見習い水夫になろうとしたそうですが、親に見つかって「冒険はもう夢の中でしかしません」と言ったとか言わなかったとか……。真偽のほどは分かりませんが、実際、彼の想像力からは、海底旅行とか月旅行とか世界一周とか、150年も前に書かれたとは思えない超時代的な数々の冒険物語が生まれたわけです。

　そんなヴェルヌが唯一、子ども向けに書いた作品が『二年間の休暇』です。『十五少年漂流記』というタイトルでもお馴染のこの物語は、夏休みの航海のために乗り込んだ船が遭難し、無人島に流れ着いた15人の子どもたちのサバイバルの物語。その2年という長さのとおり本も分厚く、読み応えがありますが、どのシーンも臨場感にあふれ、読み始めるとページをめくる手が止まりません。

　少年たちが無人島での生活をつくりあげていく様子にはワクワクします。物語の冒頭に15人の少年たちの性格や特技が紹介されているのですが、その個性を活かしてそれぞれが役割を果たしながら、少年たちは未知の無人島を探検し、発見し、思いつき、挑戦します。特に興味をそそられたのが、少年たちが島で調達する食の数々。なかなか充実しているんです。タラやサケなどの魚、名前を聞いたこともない野生の鳥獣、終盤には植物性ミルクが採れる「牛の木」なるものも登場します（訳注によると、食用として適しているかは不明とのこと）。

　冬ごもりのための切実な食糧問題を考えて、ドニファンたちは、狩りを引き受けた。毎日、かれらは、落とし穴、わなを見張った。とった獲物は全部食べてしまわないで、モコがいつものとおり、塩づけにしたり、くんせいにしたりして、倉庫を豊かにした。こうしておけば、冬がどんなに長く、どんなにきびしくても、食糧の心配はないだろう。（285頁）

　これらに加えて、植物の知識の豊富なリーダーの少年が、メープルシロップが採れるサトウカエデやお茶の代わりになるという木や、リキュールの原料になる豆などを森で発見します。塩は船にあったものだけでなく、海水でつくったりもしています。そういったサバイバル生活の様子と、動植物の名前や地理、気象状況などの細かな描写が、この物語をノンフィクションのようにも感じさせ、読む人を物語の世界に引き込みます。

　食料と言えば、船には缶詰もかなりあったようです。トマト缶があったなら、野菜が足りなそうな少年たちにこんな簡単トマトスープをおすすめしたい。もし物語の中に入っていけるなら、このレシピを届けて、ついでに、無人島生活も体験してみたい……。しかし、狩りもできないし、薬草の知識もない現代人が行っても、19世紀の賢くて勇敢な少年たちの前では、何の役にも立たなそうです。

〔材料〕（2人分）

トマト水煮缶（ホール） 1缶
オイルサーディン缶 $\frac{1}{2}$缶
にんにく 1かけ
オリーブオイル 大さじ1
水 300㎖
塩 小さじ$\frac{1}{3}$
砂糖 ふたつまみ
赤唐辛子 1本
こしょう 少々
クラッカー 適宜

〔つくり方〕

1 にんにくは皮をむいて包丁の背で軽くつぶす。赤唐辛子は半分に折って種を取り除く。

2 鍋にオリーブオイルとにんにくを入れ、弱火にかけてきつね色になるまでよく炒める。

3 オイルサーディンを加えてさらに炒め、トマト水煮、水、塩、砂糖を加えて10分ほど煮込む。

4 粗熱が取れたらミキサーに移し、なめらかになるまで攪拌する。鍋に戻し、1の赤唐辛子を加えてさらに5分ほど煮て、塩（分量外）で味を調える。

5 器に盛ってこしょうをふり、クラッカーを添える。

POINT 腹ペコさんは、ゆでたショートパスタを入れて、ボリュームアップするとよいですよ。

『二年間の休暇』
ジュール・ヴェルヌ作、朝倉剛訳、太田大八絵（福音館書店）

物語はヨット・スラウギ号が嵐の中でもみくちゃにされる様子から始まります。年長の少年たちの活躍でなんとか無人島に流れ着き、船から脱出すると、食料や調理道具など、しっかりと「使えるもの」を運び出して安全な場所に移住。救助を待ちながらサバイバルライフが始まるのです。ページをめくりながら、島の自然、地形や気候、そして子どもたちの心の動きを追いかけていると、時間の経つのも忘れるほど。友情物語や手に汗にぎる活劇に彩られ、時代を超えて楽しめる冒険小説です。

Jim at the Corner

町かどのジム

×

忘れられないベーコンサンドイッチ

「本の中のおいしいものといえば、僕は『町かどのジム』のベーコンサンドイッチだなぁ。子どものころ、どうしてもあれが食べたくて、かたまりのベーコンを探してつくったんですよ」

　と、本好きのある人が教えてくれたので、それはいったいどんなにおいしそうなサンドイッチなんだ!? と気になって、2001年に復刊されたこの本を手に取りました。

『町かどのジム』の主人公は、元船乗りのジム老人と仲良しの少年デリー。デリーの住んでいる町のポストの脇に置いたミカン箱に座っているのがジムです。〈デリーは、ジムが、昼間だけでなく、夜中もずっとそこにいて、通りの番をしてくれているのだと思っていました〉（7頁）というくらい、ジムはいつもそこに座って、ニコニコしながら輝く瞳で行き交う人を、町を見守っているのです。

　ジムは、デリーだけでなく、町の人みんなにとって大切な存在です。おはなしのはじまりは、こんなふうに語られています。

　そんなわけで、ジムは、この通りにはなくてはならぬ人でした。ここにすむ人みんなが、そう思っていました。だれでも、このかどをまがるときは、まるで、じぶんの一部が、ジムといっしょに、ミカンばこの上にすわっているような気がするのでした。

（10～11頁）

　そうして始まるのは、町かどのミカン箱で、ジムがデリーに語る冒険物語の数々です。たとえば霧が続いた日には、海の上でとてつもなく濃い霧に包まれたときのできごとを。デリーが新しい望遠鏡を手に入れたときには、空に輝く月のおはなしを。暑い暑い日には、もっと暑かった南の島での体験を。

　ジムは素晴らしいストーリーテラーです。日常の何気ない会話の中から、想像力を刺激してワクワクさせる冒険物語をするするっと紡ぎだし、デリーと読む人を夢中にさせます。ジムが話し始めるといつもの町かどは、荒れ狂う海の上や緑色の海の底、氷のほら穴の中になります。ジムの語る不思議な体験は、元船乗りのホラ話だと言ってしまえばそれまでですが、そんな無粋なツッコミの隙を与えないほど、生き生きと鮮やかでユーモアに満ちているのです。

　そして、このおはなしのもうひとつの魅力は、年の離れたふたりの友情です。本に綴られた10のおはなしを読み進めていくうちに、ジムの話に耳を傾けているデリーが、どんなにジムのことを大好きで、そして尊敬しているかが伝わってきます。そして最後のおはなしまで読み進めた人は、きっとうれしくなって心が温かくなるはずです。

　さて、そういえば冒頭のベーコンサンドイッチ、もちろんジムの冒険のおはなしの中に登場する一品です。ジムが言うには、〈ガブッと、ひと口やるには、口を大きくあけなくっちゃならない。が、そのとき、ベーコンの味がジュウッと、舌にしみて、なんともいえずうまかった〉（18頁）。これはおいしそう！ ジムも読んだ人も、忘れられないはずですね。

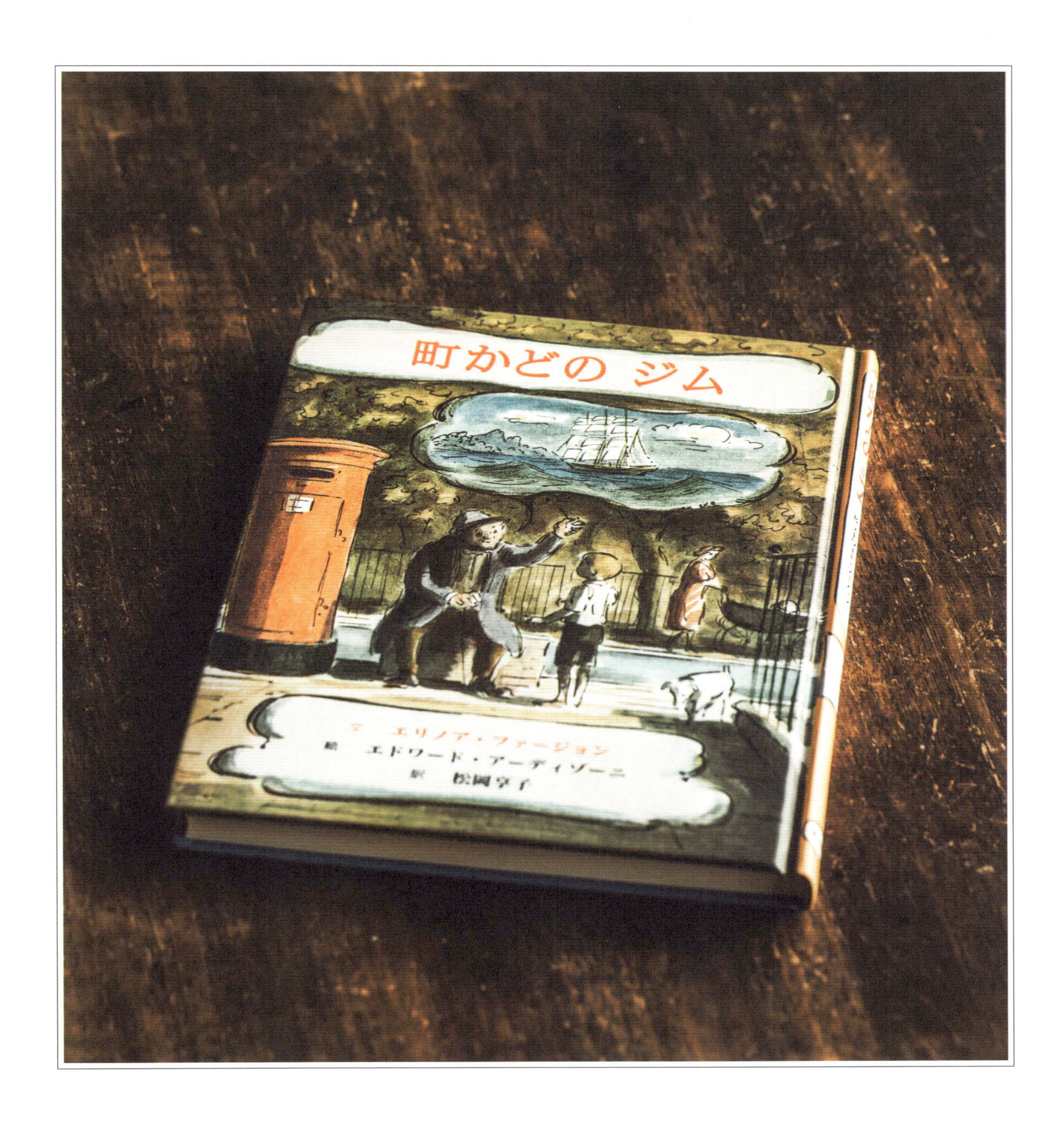

『町かどのジム』
エリノア・ファージョン作、
松岡享子訳、
エドワード・アーディゾーニ絵
（童話館出版）

元船乗りで世界中のことを知っているジムは子どもたちの人気者で、デリーもジムの冒険話にいつも夢中。10のおはなしを読み進めていくと、季節が秋から冬へ、冬から春へ、そして春から夏へと移り変わり、ジムの冒険話もその季節の彩りに合わせて語られます。それは、航海で出会った生き物や海の上のいろいろな天気の様子など、生き生きと魅力的です。ところで、ベーコンはソーセージとならんで、イギリスの食卓には欠かせない食材。本が書かれたのは1934年ですが、今もベーコンサンドイッチはイギリスの定番メニューです。

pages, hardcover ·180 photos fe
Techniques, and principle

忘れられないベーコンサンドイッチ

ジムみたいに、一度食べたら忘れられないベーコンサンドイッチを自家製ベーコンで。キャンプでの一品としてもおすすめです。

〔材料〕（2人分）

ベーコン（つくりやすい量）
- 豚バラ肉（かたまり）500g（赤身の多いもの）
- 漬け汁
  - 塩　小さじ2
  - ウィスキー（できればスコッチ）　小さじ2
  - 砂糖　小さじ2
  - しょうゆ　小さじ1
  - こしょう　少々
- スモークウッド＊　1/2本
- 蓋の閉まる段ボール箱（100サイズくらい）
- 脚つき焼き網
- クッキーなどの平たいお菓子の缶
- アルミホイル
- ガムテープ

食パン（6枚切り）　2枚
きゅうりのピクルス　小2本
フレンチマスタード　小さじ2
バター　小さじ1

＊粉状にした木材を樹脂で木材のようにかためたもので、燻製をつくる際に線香のように火をつけて煙を出します。燻す時間により、使う量を調整します。目安は1本で3〜4時間。使う分だけ包丁などで切ります。

〔つくり方〕

1 ベーコンをつくる。豚肉は大きければ、フライパンに入る大きさに切り、密閉できるポリ袋に入れる。漬け汁の材料をすべて混ぜ合わせたものを加えて袋の外からもみ込み、空気をしっかり抜いて密閉する。1日1回裏返しながら3日間漬け込む。

2 豚肉の汁気をしっかりふき、中火で温めたフライパンに脂身を下にして入れ、蓋をする。途中、出てきた脂をペーパータオルでふき取りながら、焦げ目がつくまで焼く。裏返して反対側も焼きつけたら、水を1cmくらいの深さまで加えて蓋をする。弱火で30分ほどじっくりと火を通したら、ペーパータオルを広げた上に取り出す。

3 段ボール箱の中に缶を置く。スモークウッドに火をつけ、煙が出てきたのを確認したら炎を消し、缶の底に置く。その上にアルミホイルを敷いた脚つき焼き網を設置し、網の上に2の豚肉をのせる。ダンボールの隙間から煙がもれ出ないよう、ガムテープでしっかりと封をして、そのまま1時間半ほど燻製する。完成したベーコンは、冷蔵庫で冷やして切りやすくする。

4 サンドイッチをつくる。常温に戻してやわらかくしたバターにフレンチマスタードの半量を混ぜる。ピクルスは薄切りにする。3のベーコンを好みの厚さにスライスし、残りは冷蔵庫で保存する。

5 食パンは軽くトーストし、片面に4のマスタードバターを薄く塗る。その上にピクルスを並べてベーコンをのせたら、もう1枚のパンに残りのマスタードを塗ってサンドし、半分に切る。

POINT
燻製はベランダなど、空気がこもらない場所で行いましょう。終わったあとはスモークウッドに水をかけるなどして、完全に火が消えたことを確認してください。

Trollkarlens Hatt

たのしいムーミン一家

×

キャンプのおともにかぼちゃジャム

「夏の間だけは、夜も明るい国があるんだよ」

子どものころ、そう教えてもらったときの驚きたるや！　おとぎ話の世界のような「夏は夜も明るい国」という響きに心をぎゅっとつかまれた私は、北欧の物語を読みまくったものです。中でも、豊かな自然に包まれたその夏の魅力を教えてくれたおはなしのひとつが、『たのしいムーミン一家』です。

このおはなしは、ムーミンたちが冬眠から目を覚ました春から、夏が終わって秋の訪れを感じるまでの間が舞台。春になって冬眠から目覚めたムーミンたちが最初に外に出たときの様子は、こんなふうに書かれています。

どこにもかしこにも、長い冬のねむりからさめた小さい生きものたちが、よっぱらったような顔つきをして、ぶらついてました。（19頁）

「よっぱらったような顔つき」というのが、まだちょっと眠いんだけど、春の空気にうっとりしている感じをよく表しているではありませんか！　彼らは、新しい季節を胸いっぱいに吸い込んで、いそいそと新しい季節の支度をします。住まいや身なりを整えたり、ごちそうの準備をしたり……また動き出した日常を楽しむのです。

夏になるとムーミンたちは、海に行ったり、嵐の中でキャンプをしたり、船に乗って大きな魚を釣ったり、季節を存分に味わいます。

私たちにとっても、夏は楽しい季節です。海にだってキャンプにだって釣りにだって行くでしょう。でも、ムーミンたちの物語に登場する夏のできごとは、ずっと特別なことのように思えます。それはおとぎの国のおはなしだから、ということだけではなくて、困難だって楽しんでしまえるムーミンたちの自由な精神ゆえではないかなと思います。今日をどう過ごすか相談しているときに、パパはこんなふうに言うのですから。

「もう、あらゆる場所へいったからなあ。あたらしい場所なんかないよ。」

と、ヘムレンさんがいいました。

「いや、ないはずはない。もしなかったら、みんなでつくったらいいさ。おい、子どもたち、たべかたやめ。——たべものも、もっていこうじゃないか。」

こういったのは、ムーミンパパでした。（86頁）

楽しいことが続いた夏も終わりを迎えます。夏の終わりは少し切ないものです。ムーミンにとっては、さみしいお別れもありました。でも、その夏最高のパーティを家族や仲間と楽しんだムーミンは、秋の気配の涼しい風の吹く夜明けの中を、幸せな気持ちに包まれながら家路につきます。

今日はそんなムーミンたちの夏の日々のごちそうから、かぼちゃのジャムをお届けします。ムーミンママは、収穫したてのみずみずしいかぼちゃをこっくりと、甘くおいしく炊いたんじゃないでしょうか。パンケーキのおともにはもちろん、トーストにもぴったりです。

〔材料〕（つくりやすい分量）

かぼちゃ（正味）　500g

三温糖　100g

水　大さじ1

バター（無塩）　40g

〔つくり方〕

1　かぼちゃは種とワタを取り除き、ひと口大に切る。バターは1cm角に切る。

2　蒸し器に湯を沸かし、かぼちゃを入れてやわらかくなるまで強火で蒸す。蒸し上がったら皮を取り除き、フードプロセッサーまたは裏漉し器で、なめらかにする。

3　鍋に三温糖と水を入れて中火にかける。鍋を大きく回しながら焦げ目が均等になるように混ぜる。こげ茶色になり、甘い香りがしてきたら火を止め、バターを加えて木ベラでなめらかになるまで混ぜる。

4　つぶしたかぼちゃを加えて再度弱火にかけ、焦げないように木ベラで全体を練りながら5分ほど加熱し、火を止める。そのまま冷まし、煮沸消毒した瓶に、なるべく口までいっぱいに詰める。冷蔵庫で10日間程度保存可能。

POINT

カラメルをつくるとき、スプーンなどでかき混ぜると砂糖が結晶化してしまうので、煮詰めている間は鍋を揺らして混ぜます。また、バターを加えるときにはねることがあるので、蓋を用意して注意しながら作業しましょう。

『たのしいムーミン一家』
トーベ・ヤンソン作・絵、山室静訳
（講談社）

ある春の朝、ムーミンたちは冬眠から目覚めました。真新しい季節の中、生きものたちが動き出します。そして季節は春から夏へ向かっていき、森は緑濃く、海は青く、日は長く、みんなはいろいろな冒険をします。そして本のいちばん最初からその名前だけが登場して存在感を強く放っていた「飛行おに」が、ついにその姿を現します。ヤンソンはムーミンのおはなしを全部で9冊書きましたが、これはその3作目。北欧のみずみずしい夏を味わうことのできるムーミン谷のおはなしです。

Anne of Green Gables

赤毛のアン

×

おもてなしに真っ赤なゼリーのレヤーケーキ

数ある物語の中でも、『赤毛のアン』ほどに夢中になって読み、影響を受けたおはなしはほかにないかもしれません。そういう人はきっとたくさんいることでしょう。みんな、お姫様でも絶世の美女でもない、赤毛の孤児の女の子に、心底憧れたのです。

　また、アンの目に映る情景として描写されるプリンス・エドワード島の美しさは、読む人の心の中にくっきりと印象づけられ、この物語を通じてプリンス・エドワード島に心奪われてしまった、という人も少なくないでしょう。

　この美しい島に暮らすマシュウとマリラの兄妹は、施設からひとりの子どもを引き取ります。それが、想像力豊かで美しいものに目がないアンでした。彼女は、さまざまな騒動（有名なのは親友のダイアナにいちご水と間違えてぶどう酒を飲ませてしまった「ティー・パーティの悲劇」）を起こしながら成長し、その想像力と感性をますます伸ばしていきます。

　たとえば、真っ白に咲き誇る山桜の木を見て花嫁を連想し、バラが話せたらどんなに美しい話を聞かせてくれるかと想像を膨らませます。お気に入りの小道や池に名前をつけて慈しみ、日常を自分だけの特別な世界にしていきます。そんなアンの姿に、自分の身の回りの世界の美しさをどうやって見つけるか、その世界をどうやって想像の力で広げて楽しむかを教えてもらったのだと思います。そしてアンのように、麦わら帽子に花を飾り、自分だけの秘密の庭をつくり、自分の腹心の友は誰かしらと考えたものでした。

　実は、農作業を手伝ってくれる男の子が欲しかったマシュウとマリラですが、ふたりも次第にアンを心から大切に思い、我が子のように育てていくことになります。自分が男の子だったら年老いたマシュウを手伝えるのに……と嘆くアンに、マシュウが返す言葉は、本当に温かく、愛情に満ちています。

> いいかい？――十二人の男の子よりいいんだからね。そうさな、エイヴリーの奨学金をとったのは男の子じゃなくて、女の子ではなかったかな？　女の子だったじゃないか――わしの娘じゃないか――わしの自慢の娘じゃないか。
> （319頁）

　この物語の魅力は、本の中で人々を虜にするアンの魅力そのものです。いろいろな形でアンの人生に関わった人たちはみな、このマシュウの言葉と似たような思いを胸に抱き、読んだ人もまたアンという人物に魅了されていくのです。

　魅了されるといえば、この物語に登場するごちそうも忘れられません。それはアンの憧れのミセス・アランを招いたお茶会。テーブルはまさにアンの美意識炸裂のバラとシダをどっさり使ったスタイリングで、そこでトリを飾るのが真っ赤なゼリーを挟んだ美しきレヤーケーキだったのです。何もかも完璧なはずだったのに、アンはここでまさかの大失敗！　失敗の詳細は、アンの名誉のためにここでは伏せておきましょう。

『赤毛のアン』
L・M・モンゴメリ作、村岡花子訳
（ポプラ社）

カナダの東部の湾に浮かぶプリンス・エドワード島を舞台に、みなし子のアンがマシュウとマリラ兄妹の家に引き取られて来るシーンから物語は始まります。エピソードはプリンス・エドワード島の四季の美しさに彩られ、随所に登場する料理や手仕事の様子から、ヴィクトリア朝末期のカナダの暮らしが垣間見えます。プリンス・エドワード島は作者のモンゴメリが生まれ育った場所。母を早くに亡くし、父と離れて祖父母の農場で育った彼女は、物語に登場する少女たちのように、美しい自然の中でその感性を育くんだのかもしれません。

おもてなしに真っ赤なゼリーのレヤーケーキ

スポンジケーキは難しい、と尻込みしなくて大丈夫。一枚ずつフライパンで薄いスポンジ生地を焼いてレヤーする（重ねる）、オーブンいらずのレシピです。

〔材料〕（直径15cm程度のスポンジケーキ3枚分）

スポンジ生地
- 卵　2個
- 三温糖　大さじ2
- 薄力粉　大さじ3
- ベーキングパウダー　小さじ1/4
- 菜種油　小さじ1/2

真っ赤なジャム
- 好みのベリー（クランベリーなど）　100g
- 三温糖　大さじ3〜5（お好みで）

ホイップクリーム
- 生クリーム　100mℓ
- 三温糖　小さじ2

粉砂糖　適量

〔下準備〕
- フライパンの底の大きさに合わせた、正方形のオーブン用シートを3枚用意しておく。
- 清潔なフキンを3枚、濡らして水気をぎゅっと絞っておく。

〔つくり方〕

1. ジャムをつくる。ベリーはさっと洗い、ヘタがある場合は取り除く。小鍋にベリーを入れて三温糖をふりかけ、水分が出てくるまで10分ほど置く。弱火にかけてトロリとするまで煮詰めて冷ます。
2. スポンジ生地をつくる。ボウルに卵を割り入れ、泡立て器またはハンドミキサーで軽くほぐす。三温糖を加え、もったりと膨らみ、筋が少し残るようになるまでしっかり泡立てる。
3. 2に薄力粉とベーキングパウダーを合わせたものをふるい入れ、ゴムベラで底からすくい上げるように1、2回混ぜたら、菜種油を加えてざっくりと混ぜる。
4. フライパンをごく弱火にかけ、よく温める。温まったら、オーブン用シートを1枚フライパンの底に敷き、その上に3の1/3量（お玉1〜1杯半程度）を流し入れる。蓋をしてごく弱火で5分ほど蒸し焼きにする。
5. 表面を指で触って生地がつかなければ焼き上がり。オーブン用シートごとバットに取り出し、生地にくっつかないようにふんわりと濡れフキンを被せて冷ます。同様にあと2枚スポンジ生地を焼き、それぞれ濡れフキンを被せて冷ます。
6. ボウルに生クリームと三温糖を入れ、泡立て器で少しゆるめに泡立てる。
7. スポンジケーキが冷めたら、オーブン用シートをはがし、ケーキ、ホイップクリーム、ベリージャムの順に重ね、仕上げに粉砂糖をふる。

POINT　濡れフキンは乾燥を防ぐために被せます。ケーキはそれぞれを焼き上げたら、重ねずに冷ますこと。

Swallows and Amazons

ツバメ号とアマゾン号

×

大人気分でラム酒に見立てるレモネード

子どものころの遊びといえば、忘れてはならないのが「ごっこ遊び」です。お医者さん、コックさん、アイドル、ヒーローと怪獣、電車の運転手さんと車掌さん、あるいは電車や飛行機そのもの……子どもならではの「なりきる」才能を存分に発揮し、それはもういろいろな役に扮して、ごっこを真剣に楽しんだものです。

そんな「ごっこ遊び」の記憶のある人は、『ツバメ号とアマゾン号』の書き出しを、ニヤリとしながら読むのではないでしょうか。

> ロジャが、湖からハリ・ハウ農場までの、急なのぼり坂の野原を、右、左、右、左と大きくジグザクにかけあがっていく。（中略）
> 農場は風上だから、ロジャは今、帆船が風上に向かって走るときのジグザグな走り方、タッキングをしているのだった。（中略）
> ロジャは、まっすぐに、おかあさんのところへかけよりたかったけれど、今はお茶輸送のクリッパー（快速帆船）カティサーク号になっているので、風に向かってまっすぐ進むわけにはいかなかった。
> （上巻15～16頁）

この「帆船ごっこ」をしているロジャは、物語の主人公である兄弟姉妹の末っ子。長男はジョン、長女スーザン、次女ティティ、そして末っ子がロジャです。彼らはヨット「ツバメ号」の船長、航海士、船員、ボーイに扮し、無人島でキャンプしながら海のつもりで湖を探検するのです。途中、海賊を自称するナンシイ&ペギイ姉妹が操るヨット「アマゾン号」とも出会います。

この物語の何がすごいって、彼らのごっこ遊びが本格的なこと。ジョンたちの探検ごっこは、きちんとした知識や技術に裏づけられています。キャンプや釣りについてはもちろん、読んでいて何より尊敬して憧れたのが、彼らのヨットの知識と操縦技術です。船長のジョン以下ツバメ号の乗組員たちも、アマゾン号の海賊姉妹も、実に素晴らしく帆船を操るさまが描かれているので、この本を通して（冒頭でまずロジャが帆船の風上に向かうときの進み方を教えてくれたように）、ヨットのパーツの名前や操作の仕方を知り、おはなしを読み終わるころには、自分もツバメ号を操れるような気がしたものでした。

文庫版のあとがきでは、作家の上橋菜穂子さんがこう述べています。〈「ごっこ遊び」は「現実」を向こう側に置き、「休暇の光」を思いっきり味わうための呪術であり、合言葉だ〉（下巻329頁）と。なるほど、彼らの物語に魅了されたのは、「ごっこ遊び」が、時代も国も超える魔法の合言葉だからだったのだな、と腑に落ちます。大人になってから読み直しても、彼らの物語は読む人をワクワクさせ、ごっこ遊びの楽しかった記憶をよみがえらせてくれます。

そういえば、彼らは食べ物にもごっこ遊びの魔法をかけています。彼らのキャンプ生活にはイギリス人らしく熱い紅茶がしばしば登場しますが、それをアマゾン海賊のナンシイは「ホットラム」と呼んでいます。そして、樽に入ったレモネードを「ラム」ということにしています。そういえば子どものころ、麦茶を「ビール」ってことにして、暑い日に大人の真似して「プハーッ！」と飲んだなぁ……！

〔材料〕（つくりやすい分量）
レモン（できれば無農薬）　3個
きび砂糖　大さじ6
水または炭酸水　適量
氷　適量

〔つくり方〕
1 レモンはよく洗ってからペーパータオルで水気をふき、2〜3㎜厚さの輪切りにする。
2 煮沸消毒した瓶の底に、輪切りレモン1/6量を並べ、きび砂糖大さじ1をふりかける。これを繰り返し、レモンの輪切りと砂糖を6層程度に重ねて蓋をし、常温にひと晩置く。
3 でき上がったシロップは、レモンから出た水分を瓶をふってよく混ぜてから、氷を入れたグラスに注ぐ。しんなりした輪切りレモンをのせ、水または炭酸水で好みの濃さに割る。

POINT ラム酒の雰囲気を出すために、きび砂糖を使って茶色っぽく仕上げました。見た目のラム気分はもちろん、きび砂糖ならではの優しい甘みも楽しめます。

『ツバメ号とアマゾン号』（上下巻）
アーサー・ランサム作、神宮輝夫訳
（岩波書店）

イギリスの報道記者で文学者のアーサー・ランサムが書いた全12巻のシリーズの1作目。主人公は大きな湖のほとりの家で夏を過ごしているウォーカー家の子どもたち4人。ヨットのツバメ号の乗組員になりきって、無人島へ出発。子どもだけでキャンプ生活をしながら湖を探検し、「アマゾン号」に乗る地元の姉妹ナンシイ&ペギイとの対決、宝探しなど冒険をしながら、美しい大自然の中でひと夏を過ごします。

このおはなしの舞台はピーターラビットの物語の舞台としても知られるイギリス北部の湖水地方。モデルとなった湖では、物語に登場する場所を巡るクルーズも催されているそうです。

CHAPTER 3

AUTUMN: COMFY GATHERINGS

仲よくくつろぐ秋

Das Doppelte Lottchen

ふたりのロッテ

×

賢く勇気あふれる双子のためのオムレツ

ドイツの児童文学者エーリッヒ・ケストナーの書く物語には、いつもかっこいい子どもたちが登場します。彼らの物語は、子どもの世界にも毎日重大な事件があり、悩んだり泣いたりしながら、日々それらに一生懸命に立ち向かっているんだということ――そして自分にもそういう子ども時代があったのだということ――を思い出させてくれます。

ケストナーはある本の中で、読者の子どもたちにこう言います。〈どうしておとなはそんなにじぶんの子どものころのことをすっかり忘れることができるのでしょう？（中略）みなさんの子どものころをけっして忘れないように！〉（『飛ぶ教室』19頁）

『ふたりのロッテ』に登場するのは、ルイーゼとロッテという双子。双子モノは種明かしをしてしまうと物語を読んだときのおもしろさが半減してしまうので、慎重に説明すると、姉妹がその勇気と賢さで、離れてしまったおとうさんとおかあさんを自分たちの元へ取り戻す物語です。大人顔負けのふたりの立ち回りはあっぱれ！　たとえば、オーケストラの楽長であるおとうさんの演奏会に必ず現れるゲルラハ嬢について、彼女らは注意深く観察します。

> 小さい少女たちは、何かつじつまの合わないことがあると、すぐ感づきます。おとうさんが、子どものオペラについては話をするのに、ゲルラハ嬢についてはだまっていると、――小さいけだもののように、どこから危険がくるかをかぎつけます。（116頁）

子どもたちは大人が思っている以上に大人だし、物事もよく分かっているのです。作者のケストナーと双子は、小さな子どもの悲しみも大人の悲しみと同じように深く、小さな子どもの考えは大人の考えと同じように真剣なのだと教えてくれます。

そして、ふたりが双子ならではの作戦を展開して大人を出し抜いたり、勇気を出して大人と対峙したりするさまは実に痛快だし、読みながら誰もが「頑張れ！」とふたりを応援してしまうでしょう。小さいころはこれを読んで、「私も双子に生まれたかった！」と思ったものです。

さて、双子のパワフルで強気なほう、ルイーゼの好物は、インピリアル・ホテルのオムレツです。おとうさんと暮らすルイーゼはホテルの食堂の常連で、彼女が食べていたのはきっとシェフが腕を振るった、ぷるんと黄色く美しいオムレツです。今回はそこに、おかあさんだったらオムレツと一緒に食べさせたい野菜をプラス。優しい色合いのにんじんのソースを添えました。ルイーゼとロッテはもちろん、にんじん嫌いの子どもや大人だって、きっとお代わりしたくなるおいしさです。

『ふたりのロッテ』
エーリッヒ・ケストナー作、高橋健二訳（岩波書店）

作者のケストナーは、ドイツの児童文学者。1949年に書かれた『ふたりのロッテ』は、のちに何度も映画化や舞台化されている人気の物語。湖のほとりの村のサマースクールに、ウィーンからやってきたルイーゼ、ミュンヘンからやってきたロッテが参加します。初対面のふたりの少女は、お互いがそっくりなことに驚き、警戒します。しかしすぐに〝双子のように〟仲良しになり、夏が終わると、彼女たちは秘密のミッションを携えて、それぞれの家へ帰っていきます。そして、それぞれの街で、家で、彼女たちの活躍が始まります。さて、ふたりの計画の結末は……。

〔材料〕（1人分）
卵　2個
塩　ふたつまみ
砂糖　ひとつまみ
オリーブオイル　小さじ2

キャロットソース
にんじん　2/3本（100g程度）
水　100mℓ
豆乳（無調整）　100mℓ
塩　小さじ1/4程度

〔つくり方〕

1 キャロットソースをつくる。にんじんは皮をむき、7〜8㎜厚さの輪切りにする。小鍋ににんじんと水を入れ、蓋をしてやわらかくなるまで中火で10分ほど蒸し煮にする。火を止め、粗熱が取れたらミキサーに移し、豆乳を加えてなめらかになるまで攪拌する。鍋に戻して再び弱火にかけ、沸騰させないように気をつける。ふつふつしてきたら、塩で味を調え、火を止める。

2 オムレツをつくる。ボウルに卵を割り入れ、塩と砂糖を加えて、菜箸で切るようによく溶きほぐす。フライパンを中火にかけて十分に温まったら、オリーブオイルを入れる。

3 卵液をフライパンに一気に流し入れる。鍋を揺らしながら菜箸で卵をかき混ぜ、縁がかたまってきたらそれを中心に寄せる。半熟のスクランブルエッグ状になったら、鍋の片側に寄せてオムレツの形にまとめる。ひっくり返しながら皿に移し、形を整えてキャロットソースをかける。

POINT

キャロットソースは、豆乳を入れたあとはごく弱火で。強火でグラグラ煮ると分離してしまいます。

Neues vom Räuber Hotzenplotz

大どろぼうホッツェンプロッツふたたびあらわる

×

木曜日のお昼のザワークラウト

「大どろぼうホッツェンプロッツ」シリーズといえば、悪名高き大どろぼうに、ゼッペルとカスパールというふたりの少年が魔法の助けを借りながら立ち向かう冒険物語。といっても、舞台はのどかな日常で、どろぼう対市民の騒動の合間に、ドイツの食べものがちょいちょい登場するのが魅力です。

シリーズ1冊目で、クリームをかけたプラムケーキに合わせるためにコーヒーを用意していたおばあさんから、コーヒー挽きを盗んだ大どろぼう。2冊目の『大どろぼうホッツェンプロッツふたたびあらわる』の冒頭では、留置されていた消防ポンプ置き場からまんまと抜け出し、おばあさんがゼッペルとカスパールのためにつくったお昼ごはんを食べてしまいます。

言葉使いが乱暴で、いつも怒っているようなホッツェンプロッツですが、なぜだか憎めないのは、彼が食いしん坊でおいしいもの好きだから、かもしれません。天敵ともいえるゼッペルとカスパールを捕まえて隠れ家に連れて行く大事な道中ですら、こんなふうなのですから。

「どうどう！」ホッツェンプロッツは、さけびました。「とまるんだ　まちがって、そこのすばらしいきのこを、ふんづけられては一大事だ！　こいつをとってかえろう、おいしいきのこスープができるからな。」（149頁）

この食い意地が『……ふたたびあらわる』で彼自身を追いつめることになるのですが、そののちの『……三たびあらわる』では彼自身を助けることにもなります。そして最後まで読んだ人は「やっぱり、おいしいもの好きに根っからの悪人はいない！」と確信するのです。

さて、『……ふたたびあらわる』の冒頭で、ホッツェンプロッツのお腹を満たしたお昼ごはんは、おばあさんの家の木曜日の定番という、焼きソーセージとザワークラウトでした。〈ばあさん、とてつもなくうまかったぜ！〉（20頁）と、大どろぼうは大絶賛でしたが、子どものころに読んだときには「ザワークラウト」という食べ物を知らず、いったいどんなふうにおいしいのか、「はっこうさせた塩づけキャベツ」という訳注だけをヒントに、想像を膨らませていたものです。

今ではドイツ料理店も増えたし、ビン詰めなどがスーパーマーケットにも並んでいるし、ザワークラウトはすっかり知られた存在になりました。でも、ホッツェンプロッツをうならせるなら、自家製に限ります。

大どろぼう
ホッツェンプロッツ
ふたたびあらわる
大どろぼう脱走す!!
にせ警官にご用心!

『大どろぼうホッツェンプロッツ　ふたたびあらわる』
オトフリート・プロイスラー作、
中村浩三訳（偕成社）

「大どろぼうホッツェンプロッツ」は、小学校の教師をしていた作者が生み出した、今も世界中で愛されているロングセラーシリーズ。1冊目で主人公の少年、ゼッペルとカスパールの活躍によって捕えられた大どろぼうホッツェンプロッツですが、2冊目の冒頭で、巡査部長をだましてまんまと逃亡。そして、大どろぼうはカスパールのおばあさんを誘拐。ゼッペルとカスパールのふたりは、千里眼のシュロッターベック夫人の力を借りて、今度こそ大どろぼうを逃さず捕まえることができるのか!?　そして大どろぼうの行く末を、ぜひ『大どろぼうホッツェンプロッツ　三たびあらわる』で確かめてください。

〔材料〕（容量６００㎖程度の保存瓶1瓶分）

キャベツ　1/2個（約５００g）
塩　小さじ1と1/2〜2
ローリエ　1枚
赤唐辛子　1本
キャラウェイシード　適宜

〔つくり方〕

1　キャベツはせん切りにする。ボウルに入れ、塩をふって手でよくもみ、水分が出るまで30分ほど置く。

2　1のボウルにローリエ、赤唐辛子、好みでキャラウェイシード少々を加えてさっと混ぜ、煮沸消毒した瓶に、出てきた水分ごと詰めて蓋をする。

3　常温の室内で夏場なら3日、冬場なら1週間程度置いて発酵させる。水が出てきたら、ときどき瓶をふって混ぜる。蓋を開けてみてプシュッとガスが抜ける音がしたら食べごろ。冷蔵庫で10日間程度保存可能。

POINT

焼きソーセージとそのまま合わせてもよいですし、写真のようにソーセージと煮るのもおすすめ。好みのソーセージとザワークラウトを鍋に入れて水１００㎖くらいを加え、水分が少なくなるまで煮ます。ダイナミックにお皿に盛ってどうぞ。

Frog and Toad Together

ふたりはいっしょ

×

食べるのが止められないクッキー

小さいころ「お友だちに優しくしなさいね」と、大人からよく言われたものです。でも、いつも優しくするのは難しく、ときには意地悪したりされたり、ぶつかり合ったり、そして仲直りしたりしながら、友だちと一緒に大人になりました。

　そして今度は、「お友だちに優しくね」と子どもたちに言う立場になりましたが、もし、子どもたちから「お友だちに優しくってどういう感じ?」と聞かれたら、この本を読んでもらったらいいんじゃないかな、と思います。

『ふたりはいっしょ』は、「がまくんとかえるくん」シリーズの中の1冊です。頼もしい兄貴分のかえるくん、おっとりで少々悲観的ながまくんのふたりは、仲良しの友だち。本の中には彼らの日々が綴られていて、その何気ない日々の中の、のどかでユーモラスなやりとりがとても魅力的です。

　がまくんがおいし過ぎるクッキーをつくってしまって、ふたりとも食べるのが止まらなくなったとき、〈ぼくたち　たべるのを　やめなくちゃ!〉とがまくんは悲痛な叫びをあげる一方、かえるくんは〈ぼくたちには　いしりょくが　いるよ。〉（ともに34頁）と冷静です。そんなふたりは一緒にクッキーを食べるのを止める方法を次々に考えて、片っ端からトライします。しかし、おいし過ぎるクッキーの魔力……。最後にはかえるくんの大胆な行動で、えいっと解決するのですが、それでもやっぱりおいしいクッキーに未練いっぱいのがまくんのセリフに、読んでいて思わず笑ってしまいます。

　本に書かれているおはなしのあと、かえるくんはきっと「じゃあもう、心ゆくまで一緒に食べよう!」そう言ってくれたんじゃないかな……と想像します。がまくんのことが大好きで、見た目も性格も違うけれど、いつもそのありのままを受け止めてくれるかえるくんのことですから。

　もちろん、がまくんだってかえるくんのことが大好きです。はっきりそう言わずとも、ふたりの気持ちは読んでいる私たちにくっきりと伝わり、読み終えるとふたりのきずなを感じて心の中があったかくなります。

　たとえば、がまくんが怖い夢を見たときのおはなし。がまくんがうなされているところに、かえるくんが訪ねてきます。

「かえるくん。」がまくんが　いいました。

「ぼく　きみが　きて　くれて　うれしいよ。」

「いつだって　きてるじゃないか。」かえるくんが　いいました。（63頁）

　お友だちに優しくする方法はいろいろあると思いますが、いちばん大切なのは、そっと寄り添うこと。そう、がまくんとかえるくんに教えてもらったような気がするのです。

『ふたりはいっしょ』
アーノルド・ローベル作、三木卓訳
（文化出版局）

表紙に描かれているのは、ユーモラスな表情と動きが印象的なこの本の主人公、がまくんとかえるくん。ふたりの日々は、全4冊のシリーズになっています。本書では、おっとりのがまくんが1日の予定表をつくってみたり、かえるくんを見習って庭づくりをしてみたり……そんながまくんのそばに、かえるくんはいつもいて、一緒に冒険したり、励ましたり、笑ったり。そんなふたりの強い友情は、長きにわたって子どもたちの心をとらえ続けています。

〔材料〕（直径7～8㎝のクッキー15枚分）

バター（無塩）　50g
くるみ　25g
薄力粉　70g
全粒粉　30g
三温糖　30g
オートミール　30g
無調整豆乳（または牛乳）　大さじ3
打ち粉（薄力粉）　適量

〔下準備〕

・バターは1㎝角に切って冷やしておく。
・くるみはフライパンで軽く炒っておく。
・天板にオーブン用シートを敷いておく。

〔つくり方〕

1　フードプロセッサーに薄力粉、全粒粉、三温糖を入れ、軽く撹拌してから、バターを加えて撹拌する。さらさらのそぼろ状になったら、オートミールとくるみ、無調整豆乳を加え、くるみをくだき過ぎないように、数回撹拌する。バラバラしている生地をそのままラップでぴったりと包み、冷蔵庫に1時間ほど置く。

2　生地の仕上がりに合わせて、オーブンを170℃に温める。打ち粉をふった台に生地をのせ、全体を3～4回こねる。15等分にし、それぞれを丸める。丸めた生地を天板に並べ、それぞれを手のひらで厚さ5㎜程度に平たく押しつぶす。

3　温めたオーブンに入れ、20～25分こんがりと焼く。

POINT

歯応えと香ばしさがおいしいクッキーです。プレゼントにも喜ばれます（その際は湿けないように乾燥剤を入れて）。フードプロセッサーを使わない場合は、粉類とバターをボウルに入れ、カードなどでバターを細かく切り刻みながら、手のひらを使って粉とすり合わせ、最後に豆乳やあらかじめ粗く刻んでおいたオートミール、くるみを加えるとよいでしょう。

The Twins at St Clare's

おちゃめなふたご

×

真夜中に食べたい！オープンサンドイッチ

初めて本のジャケ買いをしたのはこの本だったかもしれません。『おちゃめなふたご』のカバーには、主人公の双子、パットとイザベルが描かれていました。この絵を描いたのは、日本のイラストレーターの草分け的存在で〝カワイイ〟の先駆者、田村セツコさん。おしゃれでチャーミングな女の子のイラストの虜になったハートは、本を読み始めると、今度は主人公の双子を中心にした女子校の寄宿学校生活への憧れでいっぱいになりました。

翌日、ふたごはおかあさんといっしょにパディントン駅にいきました。ホームには〝クレア学院〟と名札のかかった専用列車がとまっていました。休暇を終えて学校にもどる、なん十人もの少女たちがホームいっぱいにあふれています。
（11〜12頁）

双子の姉妹、パットとイザベルが入った学校は、落ち着いた雰囲気の良識ある全寮制の女子校。もっとキラキラしたセレブ学校に行きたかったふたりは、「こんな学校に来たくなかった」という態度を露骨にして、学校に足を踏み入れます。そして「誰も仲良くしてくれない」と嘆きながらも、強気な態度は崩しません。

この双子だけではありません。登場する女の子たちは、ときに見栄を張り過ぎ、ときに調子に乗ってやり過ぎ、失敗したり、トラブルを引き起こしたりします。そしてそれぞれの事件を、ひとつ屋根の下に暮らす先生や同級生たちが一緒になって見守り、考え、解決していきます。そのたびに、ぐっと心の距離が縮まるのです。

考えてみれば、寄宿学校生活は、学校でケンカしても寮で顔を合わせなきゃならないし、寮でケンカしても学校で顔を合わせなきゃならないし、「謝る」「許す」が当たり前のようにできることが大事。潔く「ごめんね」を言って仲直りできる少女たちに憧れていたのかも、と、大人になった今読み返すと感じられたりもします。

そんな憧れの寄宿学校生活の中で、いちばん印象的なシーンが、秘密のパーティ。先生に内緒で寮の部屋にみんな集まって、〈ポークパイ、チョコレートケーキ、サーディンにミルクチョコとペパーミントクリーム、かんづめのパイナップルにシャンペン〉（67頁）と、おいしいものを食べに食べるのです。しかも、真夜中に。寝巻き姿の女の子たちがこっそりと、かつワイワイごちそうを食べるその姿に、寄宿学校生活への憧れは、確固たるものになりました。

この真夜中のパーティ開催のきっかけは、誕生日のジャネットに両親から届けられたご馳走ボックス。その中にあったオイルサーディンは、お茶の時間にめいめい1枚ずつ取っておいたパンに挟んで真夜中のごちそうのひとつになりました。このシンプルなサンドイッチも十分おいしかったようですが、もうひと手間かけて、パーティ仕様のオープンサンドをつくりました。

しかし、真夜中に食べるという行為には、大人になった今も、ダメだということが分かっているからこその抗いがたい魅力を感じます……！　その魅力を最初に教えてくれたのも、この寄宿学校の物語だったのです。

〔材料〕（2人分）
ライ麦パン（薄切り）　4枚
オイルサーディン　8枚
クリームチーズ　大さじ2
塩　少々
こしょう　少々
ディル　適量
レモン　適宜

〔下準備〕
・クリームチーズは冷蔵庫から出して常温に戻しておく。

〔つくり方〕
1 パンをオーブントースターで軽く焼く。
2 焼いたパンの片面にクリームチーズを塗り、軽く塩をふる。オイルサーディンを2枚ずつのせ、ディルを散らしてこしょうをふり、好みでレモンを搾る。

POINT
ライ麦パンの代わりに、全粒粉のパンでもおいしいです。パンを小さめに切ってつくれば、ひと口サイズのオードブルにもなりますよ。

『おちゃめなふたご』
エニド・ブライトン作、佐伯紀美子訳
（ポプラ社）
イギリスの寄宿学校を舞台に、女の子たちが繰り広げる青春物語。シリーズ全6冊の1冊目『おちゃめなふたご』では、クレア学院に転校して来た双子が、アウェイの状況から仲間として認められ、友情を育む様子が描かれます。エニド・ブライトンは、1930年ごろから活躍した人気児童文学作家。本シリーズではラクロスやテニスなどスポーツシーンがよく登場しますが、彼女自身、学生時代にはテニスやラクロスが得意だったそう。

Little Old Mrs Pepperpot

小さなスプーンおばさん

×

ご亭主のためのマカロニスープ

人間がもしもきゅーっと小さくなってしまったら？　という空想から生まれた物語はたくさんあります。たとえば、1906年に書かれたスウェーデンの『ニルスのふしぎな旅』では妖精に小さくされてしまった少年が渡り鳥とともに旅をしたし、1966年の『ミクロの決死圏』というアメリカのSF映画では治療のために特別技術でミクロ化した医療チームが人間の体内に入ったし、『ドラえもん』でものび太たちはスモールライトでたびたびミニサイズになって冒険していました。

　ふとしたタイミングでティースプーンくらいのサイズに縮んでしまう、その名も「スプーンおばさん」のシリーズも、きっとそんな「小さくなってしまったら？」の空想から生まれた物語のひとつでしょう。

　『小さなスプーンおばさん』の冒頭で、何の前触れもなく小さくなってしまったおばさんは、〈なるほど。スプーンみたいに小さくなっちゃったんなら、それでうまくいくようにやらなきゃならないわね〉（5頁）と、スプーンサイズになっても日常がうまくいくように知恵を絞り、動物たちにお手伝いをさせて、ちょっとした冒険をしながら、いつもどおりに家事をこなします。

　大自然に囲まれた農村の暮らしは忙しく、おばさんのやることは山のようです。掃除、洗濯、畑仕事、そしてご亭主のためのごはんづくり。

　ふたり暮らしのおばさんとご亭主ですが、ぶっきらぼうに見えてとっても仲良し。スプーンくらい小さくなってしまったおばさんがどこにいるんだか分からなくなってしまうと、ご亭主はおろおろ……。小さくなったおばさんとマカロニを買いに行ったときも、入っていたはずのポケットからおばさんがいなくなってしまい、大慌て。

> ……おじさんは、しんぱいで、あせびっしょりになって、うちにかえってきました。
> 「ああ、ああ、かわいそうなばあさんや！　おまえがティースプーンくらいなのがなさけないなんて、わたしは、もうぜったい、いわないよ！」
> そういって、おじさんが、うちのドアをあけますと、おばさんは、すぐ目のまえでマカロニ・スープをしゃくいあげていました。おばさんは、もう、ふつうの人とおなじ大きさになっていました。
> （28〜29頁）

おはなしはここでおしまいになっていますが、いつものサイズのおばさんの姿を見て、ご亭主がどれだけ驚いたか、そして安心したか……！　そしてそんな彼を、おばさんは何事もなかったかのように「遅かったじゃないの」と迎えて、ご亭主の好物のマカロニスープを一緒に食べたんだろうなぁ……と想像が膨らみます。

　このおはなしのおもしろさは、小さくなったおばさんと動物たちとのやりとりだと思っていましたが、こんな夫婦のエピソードも魅力的だなあと、大人になって読み直すと感じます。

　さて、それでは私たちもマカロニスープをいただきましょうか。ノルウェーの定番料理、フィッシュスープをヒントに、これだけでも十分お腹いっぱいになる具だくさんスープに仕上げました。

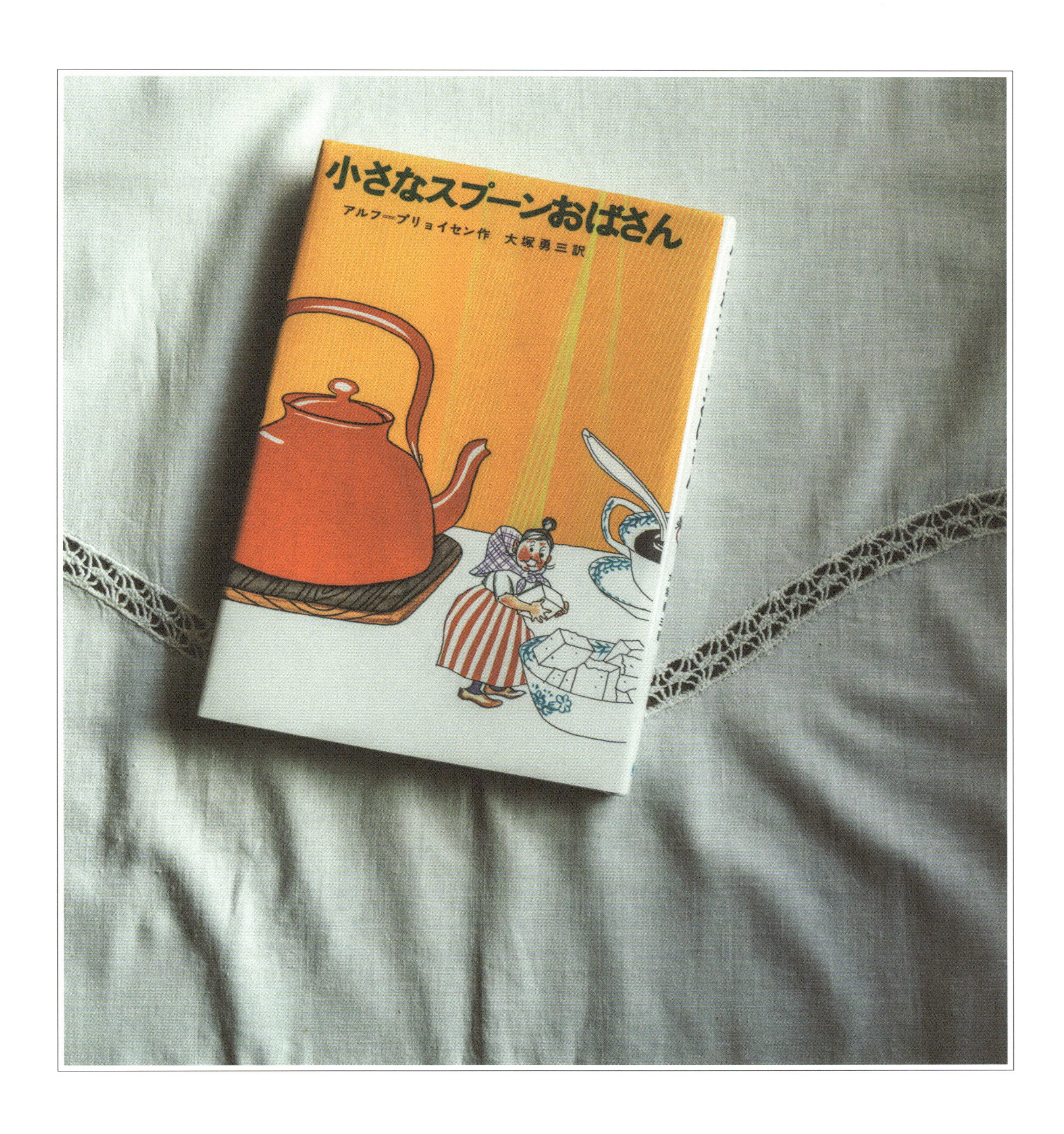

『小さなスプーンおばさん』
アルフ・プリョイセン作、大塚勇三訳
（学研）

ごく普通のおばさんが、ある朝目覚めるとティースプーンくらい小さくなっていました……と始まる物語。小さくなるときには何の前触れもありませんから、出かける直前やお料理の途中に小さくなると大変。動物たちに手伝ってもらいながら、いつもの用事を遂行します。ときに小さくなったのをチャンスとばかりに冒険も。ノルウェーの農村ののどかな風景の中に、ウィットに富んでユーモラスなスプーンおばさんの活躍が描かれます。作者プリョイセンのふるさとは、ノルウェーの内陸に位置する農村。スプーンおばさんの暮らしているところのように、深い森に囲まれ自然とともに生きている村だったのではないでしょうか。

ご亭主のためのマカロニスープ

タラが取れる北欧のほか、スペインやポルトガルなど、ヨーロッパで広く食べられている干しダラ。今回は、日本の寒干しダラを使いました。

〔材料〕（4人分）

寒干しダラ　1枚（約150g）
玉ねぎ　大1個
セロリ　1本
にんじん　小1本
マッシュルーム　1パック
にんにく　1かけ
生クリーム　200㎖
マカロニ　50g
ローリエ　1枚
オリーブオイル　小さじ2
水　800㎖
塩　適量

〔下準備〕

・寒干しダラは水に浸して、冷蔵庫で丸1日置いて戻しておく。

〔つくり方〕

1 戻したタラを耐熱皿にのせてふんわりラップを被せ、身が白くなるまで600Wの電子レンジで1分ほど加熱する。粗熱が取れたら身をほぐし、丁寧に骨を取り除く。

2 玉ねぎとセロリは1㎝角に切る。にんじんは5㎜厚さの輪切りにする。マッシュルームは濡らしたペーパータオルで汚れをふき取り、食べやすい大きさに切る。にんにくは薄切りにする。

3 鍋にオリーブオイルとにんにくを入れ、じっくりと弱火で炒める。香りが出てきたら玉ねぎとセロリを加えて塩少々をふり、1のタラも加えて、中火でざっと炒める。にんじんとマッシュルームも加え、全体にオリーブオイルを馴染ませる。

4 水を加え、ひと煮立ちさせたらアクを取って弱火にし、生クリームとローリエを加える。そのまま20分ほど煮込んで、タラの旨みを引き出す。

5 塩で味を調え、最後にマカロニを加えてやわらかくなるまで煮込む。

POINT 今回は日本の寒干しダラを使いましたが、手に入らない場合は生の塩ダラでもよいでしょう。塩ダラを使う場合は、塩抜きはしません。その代わりに、味見しながら、塩気を調整してください。

Goro no Otsukai

五郎のおつかい

×

がんばったごほうびにきのこ汁

学校の図書館にあった松谷みよ子の全集は、挿絵がかわいらしくてお気に入りでした。そして、おはなしに描かれている夢とうつつの間にあるような風景やできごとを、主人公と一緒に体験するのが楽しみでした。おはなしを読んでいると、空想の世界はやっぱりこの世界の続きにあるんだと思えたのです。

　全集の第1巻に収録されている「五郎のおつかい」の舞台は、戦後間もなく（実際に物語が書かれたのもそのころです）、お米もお味噌も、まだ十分にはないころの日本のどこか。お味噌汁を飲むといいんだけど……と、お乳の出の悪いおかあさんのために、小さな五郎はひとりで、おばあちゃんの家までお味噌をもらいに行くのです。

　お味噌の入った重い鍋を抱えての帰り道。いつもはおかあさんと一緒の道のりも、ひとりで歩いているとどうも様子が違うようで、山道を歩いている五郎は、気を紛らそうとしたのでしょう、〈きのこっ、出てこい。行列して出てこいっ〉（100頁）なんてひとり言を言います。すると、角を曲がった目の前にずらり行列のきのこ！　五郎は心細かったことなんかすっかり忘れ、手ぬぐいにいっぱいきのこを摘んで、晩ごはんはきのこ汁だ！　と大得意になります。そうして再び歩き進める五郎の前に、次に登場するのはかたつむり。それからお次は……。

　日本の里山風景の中で進む物語は、暖かな太陽の光や風の音、森の中の草いきれの匂いまで感じられるようで、読む人は五郎と一緒に不思議な大冒険を体験します。どんな冒険だったかは、五郎と読んだ人だけの秘密です。

　ひとりでちゃんとお味噌を持って帰ってきた五郎を「えらいえらい」と迎えたおとうさんやおかあさんも、五郎がどんな体験をしてきたのか知りません。でも、もしかしたら、詳しいことは知らなくても、不思議な冒険をしてきたことは分かっていたのかもしれません。あるいは、おとうさんもおかあさんも子どものころには、大自然に見守られて素晴らしい冒険をしたことがあるのかも。私たちも、忘れてしまっているだけで、小さなころには鳥や雲や草花やおとぎの世界の存在ともっと近しかったような気もします。そんな、なくしてしまった記憶に触れるような感覚が、松谷みよ子のおはなしの魅力だと思います。

　では、五郎と一緒におつかいした日の晩ごはんはきのこ汁で。山で採ったばかりのきのこには敵いませんが、旬のきのこを何種類か入れると、風味も旨みも深まって、しみじみおいしい一杯になります。忘れていた子どものころの記憶を探ったりしながら、秋の恵みをたっぷりと味わってください。

『松谷みよ子全集1 貝になった子ども』
松谷みよ子作（講談社）

全集の第1巻に収録されている「五郎のおつかい」。ひとりでおつかいに行った五郎は、大自然に見守られながら、重たいお味噌を抱えて山を越え、森を抜け、川を渡り、えっちらおっちら歩きます。道中で五郎が出会う美しい風景、幻想的な体験は、いつか夢に見たような懐かしさを感じます。著者の松谷みよ子は、「モモちゃんとアカネちゃんの本」のシリーズで知られる日本の児童文学の先駆者。1950年代から2000年代まで作品を発表し続けました。空想の世界に読む人を誘うおはなしから、赤ちゃんや家族のおはなし、歴史や民話に基づくおはなしまで、その作品は多彩です。

〔材料〕（つくりやすい分量）

水　800㎖
昆布（5㎝）　1枚
干ししいたけ　1枚
油揚げ　1/2枚
なめこ　100g
好みのきのこ（まいたけ、しめじなど）　適量
味噌　大さじ3程度

〔下準備〕

・鍋に水、昆布、干ししいたけを入れ、数時間〜ひと晩置いて戻しておく。

〔つくり方〕

1 しいたけがふっくら戻ったら、鍋から取り出し、石づきを落として薄切りにする。昆布も鍋から出して細切りにする。油揚げは短冊切りにする。なめこはさっと洗う。きのこ類は石づきを切り落とし、食べやすい大きさに切ったり割いたりする。

2 戻し汁の入った1の鍋に、切った昆布としいたけを入れ、油揚げときのこ類も加えて、中火にかける。ひと煮立ちしたら弱火にし、アクを取りながら10〜15分煮る。

3 きのこの香りが出てきたら火を止め、味噌を溶きながら加えて混ぜる。味噌の量は、味を見ながら加減する。

POINT

急いでいるときに干ししいたけと昆布を戻すなら、耐熱容器に水200㎖と、昆布、干ししいたけを入れて600Wの電子レンジで5分ほど加熱します。途中でしいたけを裏返しましょう。容器内の戻し汁は分量の残りの水と一緒に鍋に入れます。

Twenty four Eyes

二十四の瞳

×

風邪気味の先生のために熱々しょうがうどん

『二十四の瞳』は、1928年から終戦直後までの約20年間の、ひとりの女性教員とその教え子たちの物語です。舞台は瀬戸内海沿いの小さな漁村。キラキラと輝く瞳で村の分校に入学した新1年生12人は、それぞれに境遇の違いや貧富の差を背負いながらも、懸命に成長していきます。そして新米の大石先生は、それを見守りながら、子どもたちと忘れられない教員生活を送ります。

　そんな彼らも、やがて戦争に向かっていく時代の流れに飲み込まれていきます。成長した教え子の後ろ姿と幼い我が子の背中を重ね、大石先生は〈そのかれんなうしろすがたの行く手に待ちうけているものが、やはり戦争でしかないとすれば、人はなんのために子をうみ、愛し、育てるのだろう。砲弾にうたれ、さけてくだけて散る人のいのちというものを、惜しみかなしみとどめることが、どうして、してはならないことなのだろう〉（207頁）と、心の中で悲痛な叫びをあげます。その悲しみや怒りに触れたとき、先生と一緒に子どもたちを見守ってきた読む人の心にも、鋭い痛みと悲しみが走るのです。

　そうやって戦争への強い抗議を表し、戦争に向かってゆく不穏な日々を描きながらも、子どもたちと大石先生のきずなを深める、ときにユーモラスでときに心温まるエピソードの数々が、明るく物語を彩ります。たとえば、ケガをした大石先生を、大人に黙って子どもたちだけで見舞いに行くエピソード。片道8キロを歩くものの、ゴールの見えない長旅に子どもたちはくたびれ果ててしまいます。道端で呆然と立ち尽くしている子どもたちの姿と秋晴れの青空のコントラストが印象的に書かれたその次の瞬間、通りがかったバスに乗っていたのが、大石先生でした。

「わあッ。」
思わず道へとびだすと、歓声をあげながらバスのあとを追って走った。新しい力がどこからわいたのか、みんなの足は早かった。（中略）
「みんなで約束して、だまってきたん、なあ。」
「一本松が、なかなかこんので、コトやんが泣きだしたところじゃった。」
「せんせ、一本松どこ？　まだまだ？」
「足、まだいたいん？」
（79～80頁）

　こういったエピソードはそれぞれに、時間や季節で変わる瀬戸内海の表情、人々の暮らしの様子など目に見えるもの、そして方言での会話や唱歌など耳に聞こえるもので、丁寧に彩られています。読みながら情景が見え、声が聞こえるようです。

　大石先生が修学旅行先で風邪気味になってうどん屋さんを探すシーンも、風景や匂いや声や感情が響き合って、印象的なシーンのひとつ。

　関西方面では、昔から、風邪のひき始めには熱いうどんがいちばんいい、といわれていたそう。そこで、うどんとセットで出すように、うどん屋さんで風邪薬も一緒に売られていました。

　だからこのシーンでも、うどんやさんを探しながら〈大石先生、うどんやかぜ薬というのがあるでしょ、あれもらったら？〉（161頁）と、同僚の先生が言うのです。

　明治時代からあったというこの風邪薬、今でも薬局で販売されています。風邪ひきさんに一服添えて、しょうがたっぷりの熱々うどんを、どうぞ。

〔材料〕（2人分）

うどん（乾麺）　200g
出汁　600mℓ
塩　小さじ1/2
薄口しょうゆ　小さじ2
片栗粉　小さじ2
卵　1個
青ねぎ　1/4束
しょうが　少々

〔つくり方〕

1 青ねぎは5㎜幅の斜め切りにし、しょうがはすりおろす。卵はよく溶きほぐす。

2 鍋にたっぷりと湯を沸かし、うどんを袋の表示どおりに茹でる。茹で上がったらザルに上げ、流水で洗って水気をきって器に盛る。

3 鍋に出汁を入れて中火にかける。塩と薄口しょうゆで味を調え、水小さじ4（分量外）で溶いた片栗粉を加えて軽くとろみをつける。とろみがついたら弱火にし、溶き卵を穴開きお玉や菜箸などを使って回し入れる。ふわっと卵が浮いてきたら火を止め、青ねぎとしょうがのすりおろしを加えて混ぜ、**2**の器に入れる。

POINT

乾燥うどんは塩分が強いので、茹で上がったら、しっかり流水で洗うことを忘れずに！

『二十四の瞳』
壺井栄作（ポプラ社）

物語は、瀬戸内の小さな漁村の分教場に赴任してきた新任の大石先生と新1年生の出会いから始まります。村の人々は気難しく、自転車に乗って洋服で登校してくる大石先生はなかなか理解されませんが、その颯爽とした明るい存在感は子どもたちの心をしっかりととらえます。やがて子どもたちが高学年になって本校に上がり、そして卒業していくうちに、時代は戦争へ向かっていきます。戦後、大石先生が教職に戻って分校に就任すると、名簿には懐かしい苗字が並んでいました――。1952年に発表されたこの作品は、すぐ映画化され、大ヒット。ロケ地となった小豆島は一躍有名になりました。撮影のオープンセットは、今もおはなしの心を伝えるテーマパークとして残されています。

When Marnie Was There

思い出のマーニー

×

傷ついた心にブラウンシチュー

どっしりと分厚い『思い出のマーニー』を手に取ったとき、なんとなく後ろのページを開き、訳者あとがきを読みました。そこには〈はじまりの部分が少し読みにくいかもしれないけれど、どうぞ続けて読んでいただきたい――（中略）ここを通り抜けると、すばらしい物語が展開していきます〉（379頁）と書いてありました。

一体どんなおはなしなのか……と、ページの最初に戻って物語の世界をのぞいてみると、そこは主人公のアンナの旅だちのシーンでした。アンナは、心配そうに見送る養母のミセス・プレストンに無表情を向けている女の子です。電車が出発するギリギリになってなんとかミセス・プレストンに「チョコレートありがとう、さよなら」と言えたアンナ。あとがきの心配をよそに、私はその不機嫌そうで、同時に寂しそうな姿から目が離せなくなってしまったのです。

彼女にとって世界は「内側」か「外側」かであり、自分以外の人たちは内側の人。自分はその輪の外側にいるのだと考えています。だから、アンナは無表情の仮面を被り、心をかたく閉ざして何も感じないようにしているのです。思っていた以上に孤独な心を抱えているアンナが見ている車窓の風景は、ぼんやりとして焦点が合わず、モノトーンの絵のようです。

しかし、夏休みを過ごすために海辺の町にやってきたその日から、アンナのモノトーンの世界に色がつき始めます。入江に面して立っている古い屋敷との出会いが彼女の好奇心を少しずつ目覚めさせます。そしてそこに住んでいるひとりぼっちのマーニーと出会い、心を開いていくのです。

現実の世界で孤独だったふたりは、まるで双子のかたわれを見つけたように心を通わせ、海辺の自然の中でふたりだけの時間を過ごします。マーニーは、ずっと疎外感を感じてきたアンナに〈あたしは、今までに会ったどの女の子よりも、あなたがすき〉（167頁）と励まし、アンナも、マーニーが大人たちに意地悪をされていると知って怒り〈今までに知ってる、どの女の子よりも、あなたがすきよ〉（196頁）となぐさめます。

しかし、そのパステルカラーのような日々に、嵐がやってきます。千々に乱れる心を抱えたアンナに、自然の荒々しささえも襲いかかるのです。

嵐が去ったあと、物語はまた新しい絵を描き始めます。アンナの周りに現実世界が生き生きと流れ始め、登場人物がぐっと増えます。マーニーとの出会いで、色を得たアンナの世界が、ますます彩度を増し、すべての輪郭がくっきりとしていくのを感じます。もう、そこは内側の世界でも外側の世界でもありません。そして、物語は思いもよらなかったドラマティックな結末に向かっていくのです。

この物語はアンナの再生の物語です。そしてその過程で、アンナにたくさんの愛情が注がれ、読みながら私たちもその愛情に癒されていくような気がします。

〈とにかく、あの子は、わたしらには、金みたいにいい子だからね〉（57頁）とご近所さんに宣言してくれたのは、アンナを預かっているペグおばさん。嵐の日には、打ちのめされているアンナにブラウン・シチューをつくってくれました。玉ねぎを炒めるそのおいしそうな匂いが家中に広がる様子に、読んでいる人はお腹が鳴りますが、深く傷つき眠っていたアンナには、その匂いは届かなかったようです。

深く深く傷ついた心を治すには、おいしいものだけではなく、時間がやっぱり必要。けれど、おいしいものはその時間を生きる力をくれます。そういう意味では、おいしいものが心の傷を治してくれるというのは、やっぱり間違いないのだと思います。

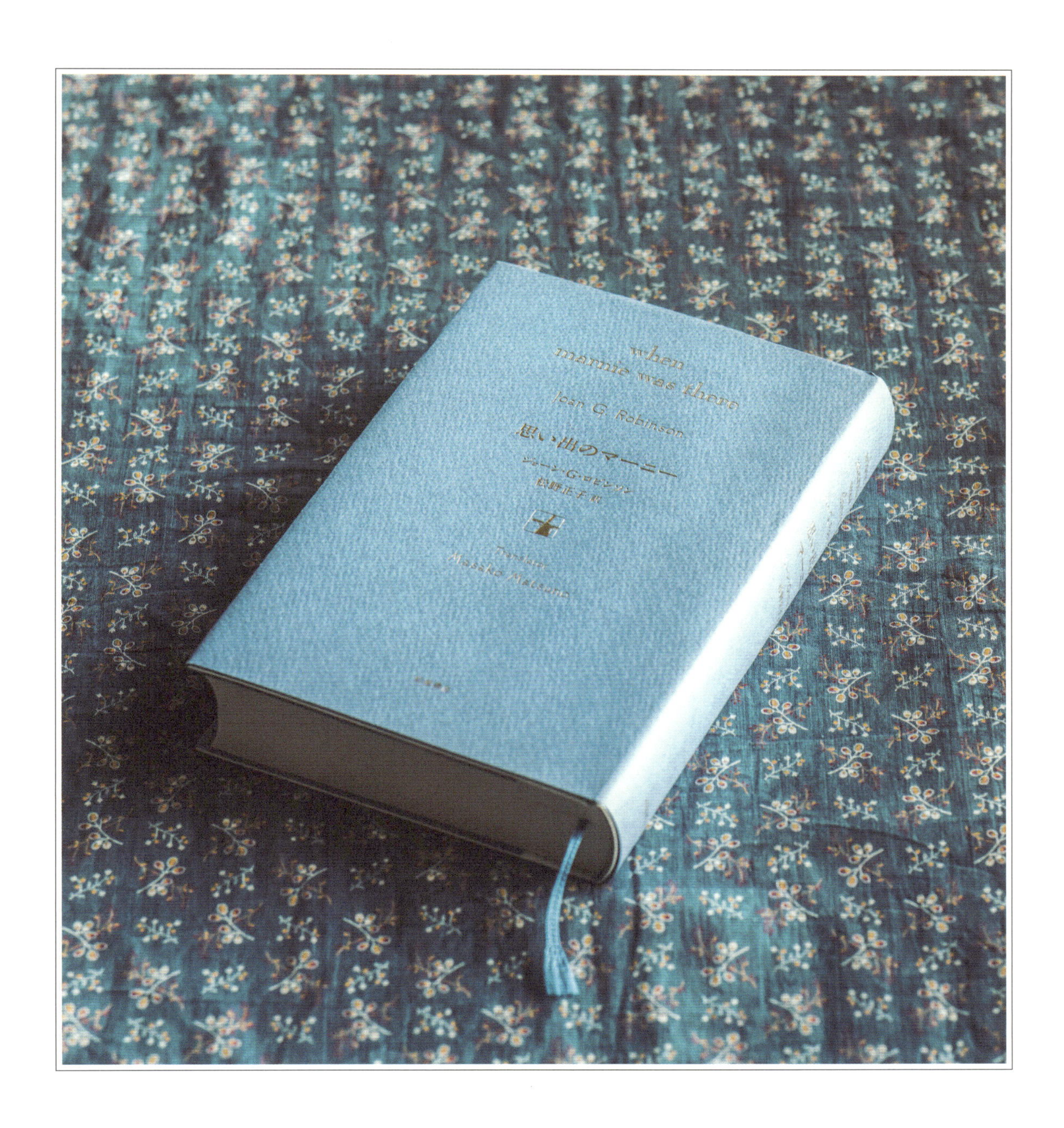

『思い出のマーニー』
ジョーン・G・ロビンソン作、
松野正子訳（岩波書店）

主人公のアンナはみなしごで、プレストン夫妻に引き取られてロンドンで暮らしています。ミセス・プレストンはアンナを愛し、大切にしてくれているのですが、アンナはかたく心を閉ざし、無気力に日々を送っているため、気分転換にミセス・プレストンの古い友人のペグ夫妻の家に滞在することになったのです。その海辺の町で気ままに過ごすようになったアンナは、入江にさびれた屋敷を見つけ、そしてその屋敷に暮らすマーニーと出会います。アンナは初めてできた本当の友だちに心を開き、本音で話ができるようになっていくのですが……。ジブリの同名アニメ映画の原作ですが、設定やディテールが異なるので、映画で「知っている」という方も、ぜひ読んでみてください。

傷ついた心に
ブラウンシチュー

いろいろな材料をじっくり煮込んで、おいしさを引き出したシチュー。具は大きめに、食べ応えのある一皿に仕上げました。

〔材料〕（4人分）

- 牛肩ロース肉（かたまり） 500g
- 玉ねぎ 2個
- セロリ 1本
- マッシュルーム 1パック
- じゃがいも 小4個
- にんにく ひとかけ
- ローリエ 2枚
- オリーブオイル 小さじ1
- 赤ワイン 100mℓ
- 薄力粉 大さじ1
- トマトピュレ 200mℓ
- ウスターソース 大さじ2
- バター 大さじ1
- 塩 小さじ1
- こしょう 少々
- 水 200mℓ

〔つくり方〕

1 牛肉は大きめのひと口大に切り、両面を軽く包丁で表面をたたいてボウルに入れる。塩半量とこしょうをふって軽くもみ込み、赤ワインを注いで30分ほど漬け込む。

2 玉ねぎは薄切り、セロリは葉の部分まで細かくざく切りにする。マッシュルームは濡らしたペーパータオルで汚れをふき取り、食べやすい大きさに切る。じゃがいもは皮をむき、水にさらす。にんにくは薄切りにする。

3 鍋にオリーブオイルとにんにくを入れ、弱火でじっくり炒める。香りが出たら牛肉の水気をふいて加え（ボウルに残った赤ワインは取っておく）、表面を軽く焼きつけて一度取り出す。

4 3の鍋に玉ねぎとセロリを入れて残りの塩をふり、弱火でじっくり炒める。玉ねぎが飴色になってきたら薄力粉をふり入れて軽く炒め、トマトピュレ、水、3のボウルに残った赤ワイン、ローリエを加えてよく混ぜる。

5 取り出しておいた牛肉、マッシュルーム、水気をきったじゃがいもを加えたら、蓋をして弱めの中火で煮込む。10分ほど煮込んだらウスターソースを加え、牛肉がやわらかくなるまでさらに40分ほど煮込む。

6 味を見て、塩少々（分量外）で味を調えて、仕上げにバターを加えてよく混ぜる。

POINT 寒い日にコトコトつくるのが楽しい、お肉たっぷりのシチュー。じゃがいもは煮くずれしにくいメークイン種がおすすめです。

The Long Winter

長い冬

×

ひと工夫でぐっとおいしいパンプキンパイ

アメリカがどんなふうに今のカタチになったのか？　ということを知るヒントを探すなら、ローラ・インガルス・ワイルダーの「小さな家」シリーズを読んでみてはいかがでしょう。アメリカ西部開拓時代を舞台にした著者の自伝的物語で、主人公ローラの家族は農地を求めて開拓地を移住していきます。

この物語の魅力は、生き生きと描かれる開拓時代の暮らし。特にローラたちの暮らしを彩る手仕事の数々――ペチコートの裾につけるレース飾りやベッドを覆うキルト、親戚も集まって総出でつくるソーセージや塩漬け豚、カエデの樹液を集めてつくるメープルシュガー、とうさんの手づくりの家――に憧れを抱いてぐんぐん読み進めた人は少なくないのではないでしょうか。

シリーズ6冊目の『長い冬』で描かれるのは、過酷な冬の暮らしです。農地を求めてウィスコンシンの『大きな森の小さな家』から出発した一家は、カンザス、ミネソタと移住し、ついにサウスダコタで農地を手に入れました。ゆえに物語の始まりは、新しい暮らしへの期待に満ちています。しかし、いつもと違う自然の様子に、ローラたちは小さな不安も感じています。

そしてやってきたのが、7か月にも及ぶ寒波。ローラたちは安全のため、手に入れた農地の近くの町で冬を越すことにします。しかし雪のため鉄道が止まり、日用品や食料の供給が途絶えてしまうのです。当たり前にあった便利な暮らしが滞り、食料も燃料も不足してしまった中で、とうさんとかあさんは、種用の小麦をコーヒーミルで挽いてパンを焼いたり、石炭や薪の代わりにわらをよって薪みたいにかたい棒をつくったり、ボタンと端切れと機械油でランプをつくったり、次々と驚きの工夫を編み出します。

それでも、容赦なく吹雪は町を襲い、ローラはもうこの世界から春が消えてしまってしまったのではないかと絶望的な気分になります。すると、とうさんが言うのです。

「いずれきっとやむんだ。しかし、わたしらは負けない。やられてたまるもんか。決してあきらめないぞ」
それを聞いて、ローラの心はぽっと暖まった。ほんのぽっちりだけど、はっきりと暖かさを感じた。（中略）どんな風もそれを消すことはできない、決してあきらめない、光だった。（444頁）

苦難の中にあってもやっぱりインガルス家の暮らしは力強く前向きで、21世紀に生きる私たちの心にも明るい光を点します。100年以上前の一家の暮らしが今も魅力的に感じられるのは、そのスピリットあればこそなのかもしれません。

冬が始まる前、嫌な予感に不安になるとうさんを励ますためにかあさんがつくったパイも、そんなチャレンジ精神あればこその逸品でした。パイの材料は、熟する前に霜にやられてしまった青いカボチャ。そんなの聞いたこともないと半信半疑の子どもたちに〈だれも聞いたことがないことでも、やってみなければ、できるかどうかわからないでしょう〉（51頁）と、かあさん。青いかぼちゃにブラウンシュガーとスパイス、そして酢（！）を組み合わせて香ばしく焼き上げたパイは、ひと口食べたとうさんがアップルパイと間違えたおいしさ。このかあさんのチャレンジ精神と工夫にインスピレーションを受けて、ひと味違うパンプキンパイをつくりました。ぜひ濃くて熱い紅茶と一緒にどうぞ。

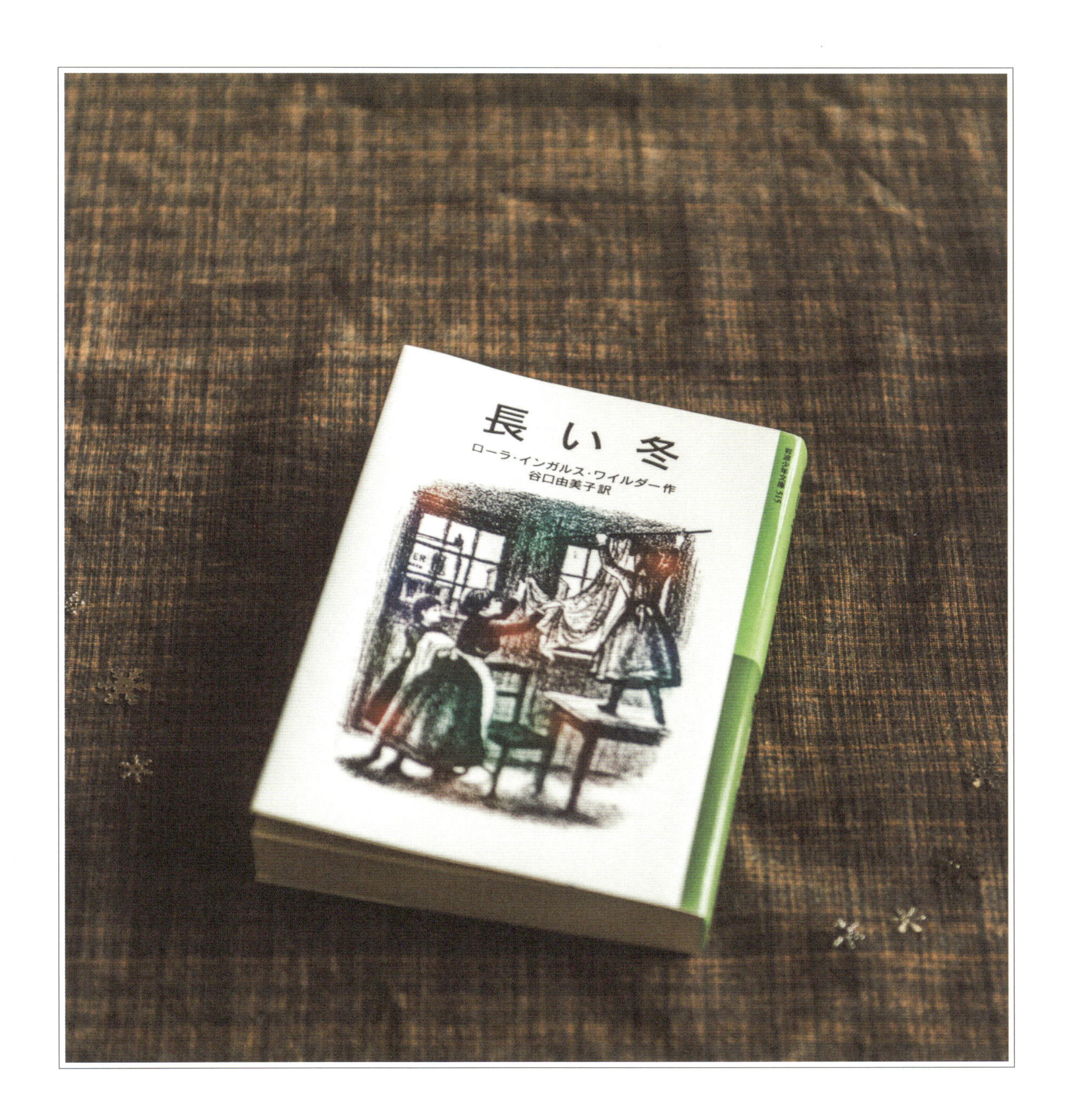

『長い冬』
ローラ・インガルス・ワイルダー作、
谷口由美子訳（岩波書店）

西へ西へとその面積を拡大したアメリカは、19世紀末には今の形に近づいていました。1890年には開拓の前線は西海岸に到達し、政府は「フロンティアの消滅」を宣言。『大きな森の小さな家』から始まるシリーズは、この時代の開拓家族の物語。6冊目の『長い冬』では、ついにサウスダコタに農地を手に入れて新生活を始めた主人公ローラの家族でしたが、とんでもなく厳しい冬が訪れます。タイトルどおりの長い冬の暮らしにはシリーズのほかの物語にはない重さもあるけれど、やがて吹雪が止み、春がやって来たときの、〈五月のクリスマスか！　すばらしい。まるで断食していたようなひどい冬のあとで、ごちそうが食べられるとはね〉（467頁）という、みずみずしく喜びに満ちたシーンが印象的です。

ひと工夫でぐっとおいしい パンプキンパイ

おはなしに出てくるような青いかぼちゃは手に入れにくいので、いつものかぼちゃにひと工夫。バターで甘く炒めたかぼちゃに、サワークリームを組み合わせました。

〔材料〕（直径8cmの丸型パイ6個分）

かぼちゃ（正味）　200g
バター（無塩）　6g
メープルシロップ　小さじ2
サワークリーム　大さじ2
冷凍パイシート（20cm角）　3枚
卵黄　1個

〔下準備〕

・オーブンを200℃に温めておく。
・天板にオーブン用シートを敷いておく。

〔つくり方〕

1 かぼちゃは種とワタを取り除く。皮のかたいところは包丁で削って、5mm程度の薄切りにする。

2 フライパンを弱火にかけ、バターを入れて溶かす。かぼちゃを軽く炒め、蓋をして5分ほど蒸し焼きにする。メープルシロップを加えて中火にし、焦げないようにかぼちゃに素早く絡めて火を止め、皿に出して粗熱を取る。

3 冷凍パイシートは8cm程度の丸型に9枚抜く。そのうち3枚には、包丁で表面に3mm間隔で浅い切り込みを入れる。残ったパイシートは7mm幅のひも状に切る。生地は室温になるとやわらかくなって扱いづらいので、型を抜いたらこまめに冷凍室に入れ、冷やしながら作業する。

4 切り込みを入れていない6枚を天板に並べ、サワークリームを小さじ1程度ずつのせる。その上に2のかぼちゃを均等に分けてのせる。

5 まず3個には縁に水少々（分量外）で溶いた卵黄を塗り、3の切り込みを入れた円形のパイ生地を被せ、縁を指で軽く押して閉じる。卵黄を表面にも塗り、ひも状に切ったパイ生地で縁取りし、その上をフォークの背で押さえつける。残り3個は、縁に卵黄を塗ってひも状に切ったパイ生地で縁取りし、フォークの背で押さえつける。

6 最後に5のすべての縁取りに卵黄を塗り、温めたオーブンで15分ほど焼き、180℃に下げてさらに15分焼く。

POINT

バターの香りとかぼちゃの甘さの中からサワークリームのさわやかな酸味が感じられます。丸の抜き型がなければ、コップなどをガイドにして包丁でパイ生地を切ってもよいです。

Momo

モモ

×

飲めば元気が出るホットチョコレート

『モモ』には、長いサブタイトルがついています。どんな話？　と訊かれたら、このサブタイトルがその答えになります。『時間どろぼうと　ぬすまれた時間を人間にとりかえしてくれた女の子のふしぎな物語』です。

でも、時間どろぼうって誰なのか？　彼らはしゃれた灰色の車に乗った灰色ずくめの紳士です。たとえば床屋のフージーさんのところへやって来た時間どろぼうは、小さな灰色の葉巻をくゆらせながら、セールストークを始めます。フージーさんがこれまでに使ってきた時間を数字で表していくのです。時間どろぼうは、フージーさんの趣味の時間や大切な人と過ごす時間を浪費と言い切り、そしてこれまでの人生の42年間＝1,324,512,000秒から、それら使ってきた時間の合計＝1,324,512,000秒を差し引くと、0,000,000,000秒。フージーさんは愕然とします――。

生きてきた時間からその間に使った時間を引けば０になるのは当たり前なのですが、時間どろぼうは、ひとりひとりの大切な時間を数字の羅列で表し、みんなを圧倒するのです。そうやって、瞬時には把握できないほど桁の多い数字で表された時間はよそよそしく、その数字の羅列は何か別のものにも思えます。そもそも時間とは何なのか。それについて、作者のエンデは物語の中でこんなふうに説明してくれています。

> 時間をはかるにはカレンダーや時計がありますが、はかってみたところであまり意味はありません。というのは、だれでも知っているとおり、その時間にどんなことがあったかによって、わずか一時間でも永遠の長さに感じられることもあれば、ぎゃくにほんの一瞬と思えることもあるからです。
>
> なぜなら、時間とはすなわち生活だからです。そして人間の生きる生活は、その人の心の中にあるからです。（75頁）

しかし、ずらり並ぶ０を突きつける時間どろぼうにそそのかされ、人々は時間を倹約し始めます。「忙しいんだ」「また今度」とすっかり変わってしまった友だちと彼らの時間を取り戻すために、主人公のモモは時間どろぼうに挑むのです。

こう説明すると『モモ』が寓意に満ちた難解なおはなしのように感じるかもしれませんが、そこには、子どもたちとモモが空想の世界に遊んでいる様子、モモが時間の秘密を知ったときの景色、モモを助けるカメのカシオペイアの活躍、手に汗にぎる時間どろぼうの追跡など、ワクワクするシーンがたくさん散りばめられ、読みながら不思議な世界を冒険する楽しみを存分に味わえます。

時間を司るマイスター・ホラの家でモモが食べる朝食もそんなワクワクのひとつ。特に金色のポットから注がれるホットチョコレートが印象的です。モモを「飲めるチョコレートがあるなんて」と、驚かせたその一杯が彼女に元気をくれたように、丁寧につくったホットチョコレートは、寒い日に満ち足りた時間を届けてくれるはずです。

〔材料〕（2人分）

チョコレート（ビター）　50g
牛乳　400㎖
カルダモン（ホール）　2個
シナモンスティック　1本

〔つくり方〕

1 チョコレートは包丁で細かく刻む。

2 小鍋に牛乳1/4量を入れ、カルダモンと半分に折ったシナモンスティックを加えて弱火にかける。

3 スパイスの香りが出てきたら、チョコレートを加える。木ベラなどで丁寧に混ぜながら、ゆっくり溶かす。完全に溶けたら、残りの牛乳を少しずつ加え、温まったらカップに注ぐ。

POINT

スパイスはお好みで量を調整してください。パウダー状のものを使う際は、ホールスパイスよりも香りにパンチがあるので入れ過ぎないように。牛乳を加えるときは、一気に加えるとダマになってしまうことがあります。時間をかけて、ゆったりした気分でつくってみてください。

『モモ』
ミヒャエル・エンデ作、大島かおり訳
（岩波書店）

ある日、町の外れの円形劇場跡に住み始めた小さな女の子、モモ。お金持ちではないけれど優しい町の人たちと楽しく日々を過ごしています。そこへ、静かに時間どろぼうが忍び寄ってきて……。モモは、大切な友だちと彼らの時間を取り戻すために、カメのカシオペイアと一緒に、時間どろぼうに挑みます。この物語が書かれたのは1973年ですが、今の世の中を予言したかのような描写もあって、どきっとさせられます。時間どろぼうとモモとの追跡劇のおもしろさや、不思議な景色は、一度読むと忘れられません。

CHAPTER 4

—

WINTER:
LET'S COZY UP

みんなで過ごす冬

Mary Poppins

風にのってきたメアリー・ポピンズ

×

空に輝くジンジャー・パン

ジュリー・アンドリュース主演の『メリー・ポピンズ』はたくさんの名曲に彩られたミュージカル映画ですが、原作の本「メアリー・ポピンズ」シリーズは、たくさんの素朴なおやつで彩られています。お茶の時間に欠かせないバターつきパン、砂糖衣のかかったケーキ、麦飴にアイスキャンディー、ビスケット。どれもがメアリー・ポピンズの〝魔法〟を素敵に演出する名脇役です。

シリーズ第1作は『風にのってきたメアリー・ポピンズ』。メアリー・ポピンズがバンクス家にやって来て、乳母になるところから始まります。独特のやり方で子どもたちの世話を焼くメアリー・ポピンズに、子どもたちが慣れ親しんできたある日、登場するお菓子がジンジャー・パンです。

バンクス家の子どもたちを連れておつかいに出たメアリー・ポピンズは、肉屋でソーセージを、魚屋でドーバー・カレイ、ヒラメ、クルマエビにイセエビ（なんて豪華な！　どんなごちそうになるのか）を買うと、また歩き始めます。おつかいに飽き飽きしていた子どもたちは、最後の買い物がジンジャー・パンだと知ると、大喜び。しかもお店に着いてみると、そのジンジャー・パンはいつものと違って素敵なこと！

その、たいらな、一つ一つのお菓子には、金色の星かざりがいちめんについていて、そのかがやきのために、店のなかが、ほんのりあかるく見えるかと思われるほどでした。（165頁）

このお菓子をつくっているのが、お店のオーナーのコリーおばさんとその娘たち。とっても個性的です。ちょっと不気味なところもありますが……。そもそも本の中のメアリー・ポピンズその人も、映画の中の彼女とは違って、第一印象はちょっと怖い人でした。

そんな「かわいい」「優しい」「立派」なだけでない、ひとクセもふたクセもある登場人物たちこそが、「メアリー・ポピンズ」シリーズの最大の魅力。バンクス家の面々、そのご近所さんや公園番など町の人々、メアリー・ポピンズの不思議な親戚たち、動物たちに大空の星座たち……。彼らに親しみを覚えるようになるころには、メアリー・ポピンズの優しさにも気づき、最初に怖い人なんて思ったことも忘れて彼女が大好きになっているのです。

映画の中に出てくる歌には、こんな一節があります。「It's a jolly holiday with Mary. Mary makes your heart so light!（メアリーと一緒の楽しい休日、心ウキウキ！）」。私たちだって、もし寒くて曇った日でも、ページを開けば「メアリーと過ごす心ウキウキな一日」が待っています。

そしておやつにはジンジャー・パンを。原文で「ginger bread」とありますが、「bread」といってもパンのことではなくて、しょうがの入った焼き菓子のこと。素朴なケーキだったり、あるいは薄くてかたいクッキーだったりします。今回は、星の形をたくさんつくって、飾っても楽しめるクッキーのレシピです。

『風にのってきたメアリー・ポピンズ』
P・L・トラヴァース作、林容吉訳
（岩波書店）

作者のトラヴァースは、メアリー・ポピンズのシリーズを1934年から1988年の長きに渡って書き続けました。本書はその1冊目。ある東風の吹く日、バンクス家に、メアリー・ポピンズがやってきて、バンクス家のジェイン、マイケル、ジョンとバーバラの乳母として一緒に暮らすことになります。メアリー・ポピンズと一緒なら、毎日は不思議にあふれた大冒険。体験したことを「ねえ、あれは本当なの？　夢なの？」と問う子どもたちに、メアリー・ポピンズはクールに知らないふりをします。けれど子どもたちは気がつくのです。いつもの暮らしの中に残されている、不思議な体験の証拠に。

〔材料〕（5〜6㎝の星型約20枚分）

薄力粉　200g
全粒粉　大さじ3
ベーキングパウダー　小さじ1/2
シナモンパウダー　小さじ1
しょうがのすりおろし　小さじ2
はちみつ　大さじ5
植物油（菜種油、米油など）　大さじ3
打ち粉（薄力粉）　少々

〔下準備〕

・天板にオーブン用シートを敷いておく。

〔つくり方〕

1　薄力粉、全粒粉、ベーキングパウダー、シナモンパウダーは、合わせて2度ほどふるい、ボウルに入れる。しょうがのすりおろし、はちみつ、植物油を加え、ゴムベラなどで切るようにざっくりと混ぜる。全体が馴染んだらラップで包み、冷蔵庫で30分〜1時間置く。

2　生地の仕上がりに合わせて、オーブンを180℃に温める。生地を打ち粉をふった台にのせて、麺棒で4〜5㎜の厚さにのばす。型にも打ち粉をつけながら生地を型抜きし、天板に並べる。温まるとだれやすい生地なので、生地を2つに分け、作業しない生地は冷蔵庫で冷やしておく。

3　温めたオーブンに入れて焼く。はちみつが入っていて焦げやすいので、様子を見ながら10〜15分焼く。

POINT
生のしょうがをたっぷり加えて、風味豊かに仕上げました。型抜きの際に、ストローで穴を開けておくと、リボンやひもを通してクリスマスツリーなどの飾りにもなります。

The Mysterious Key Granny

かぎばあさんの魔法のかぎ

×

心のトゲを抜いてくれたパイナップルのせハンバーグ

「私、子どものときにあの本を読んで以来、お肉とフルーツの組み合わせのメニューに抗えなくなってしまって」

とは、おはなしで読んだおいしいもの、についておしゃべりしていたときのある女性の告白。〝あの本〟とは『かぎばあさんの魔法のかぎ』です。

主人公の広一はかぎっ子です。ある日、せっかく算数で100点を取ったのに、先生のちょっとしたひと言が心に刺さったまま、〈家のなかで、おかあさんがまっていてくれたら、いやなことをぜんぶ、はなしてしまいたいのに……〉(6頁)と、ひとり帰宅します。

子どものころには、心に小さなトゲが刺さったまま、どうしてよいか分からず、途方に暮れてしまうことがよくありました。友だちのちょっとしたからかいの言葉や先生の何気ないひと言。誰かに話せればすっきりするかもしれないのですが、話すタイミングを逃したり、どう話してよいか分からず、小さなトゲを抜くことができないまま、いつまでも心がチクチク痛むのです。

広一にトゲを抜くきっかけをくれたのは、かぎばあさんでした。鍵を失くした(実は嘘)という広一のために、不思議な鍵束で家のドアを開け、おいしいごはんをつくってくれます。そして、広一の心のトゲを抜くための魔法を授けてくれるのです。

……と説明すると、かぎばあさんは魔法でえいっといろんなことを解決してくれる優しい魔法使いのようですが、実際のかぎばあさんは、〈いっそのこと、インスタント食品にしたいぐらいなんだけど、このかぎばあさんが、かわいいかぎっ子たちに、まさか、インスタント食品では、もうしわけがないだろう……〉(17頁)と料理をしながらぼやいたり、〈頭というものは、安もののおなべとはちがうんだから、つかえばつかうほど、よくなるというのは、ほんとうなんだよ〉(33頁)なんてヘンなたとえでお説教したり、妙に生活感あふれた、普通のおばあさんなところが魅力です。

そんなかぎばあさんのつくったお料理が、パイナップルをのせた特大ハンバーグでした。

ナイフとフォークをもって、広一はハンバーグをたべはじめました。パイナップルがあまくて、なんともいえない、いいあじです。

「おいしいなぁ!」

きゅうに食欲が、でてきました。

(21頁)

広一が食べたこのハンバーグ、大きさはラグビーボールくらいだそうですから、インパクト大です。焼いたパイナップルをのせたそのルックスを想像すると、もう忘れられません。

冒頭の女性曰く「大人になった今だったら、1週間頑張った金曜日の夜にこれを食べたい!」とのこと。このハンバーグを食べながら、今日のあれやこれやをおしゃべりすれば、大人だって子どもだって、きっとぐんと元気になって、心のトゲもいつの間にか抜けているはずです。

『かぎばあさんの魔法のかぎ』
手島悠介作、岡本颯子絵（岩崎書店）

「かぎばあさん」シリーズは、かぎっ子の味方で、世界中の「鍵をなくして困っている人」を助けているかぎばあさんが活躍するおはなしで、全20巻のロングセラーの物語。2冊目の本書では、かぎっ子の広一が先生のちょっとしたひと言で落ち込むところからおはなしが始まります。学校からの帰り道、ひとり雪の中を歩く広一は、以前出会ったかぎばあさんがまた来てくれるかもしれない、と期待して鍵をなくしたふりをしていると、かぎばあさんがやって来てくれました。かぎばあさんは、おいしいごはんをつくってくれると、広一の悩みを解決するための「魔法」を授けてくれます。

心のトゲを抜いてくれたパイナップルのせハンバーグ

牛肉のうまみとパイナップルの甘さを、バルサミコ酢としょうゆでまとめました。パイナップルはしっかり焼き付けるのが、おすすめです。

〔材料〕（2人分）

牛挽き肉　500g
玉ねぎ　1/2個
にんにく　1/2かけ
パン粉　20g
オリーブオイル　大さじ1
塩　小さじ1/2
ナツメグパウダー　少々
パイナップル（缶詰）　4枚
ソース
パイナップル（缶詰）のシロップ　大さじ1
バルサミコ酢　大さじ1/2
しょうゆ　小さじ2
つけ合わせの野菜　適宜

〔つくり方〕

1 玉ねぎはみじん切りにする。にんにくはすりおろす。パン粉とオリーブオイルをよく混ぜる。

2 ボウルに挽き肉、1、塩とナツメグパウダーを入れてよくこねる。全体が混ざったらラップをして、冷蔵庫で20分ほど置く。

3 タネを2等分し、それぞれ楕円形に成形する。中の空気を抜くように手で表面をたたいて、真ん中を少し凹ませる。

4 フライパンにオリーブオイル少々（分量外）を入れ、中火にかけてよく温める。3を入れて蓋をし、焦げ目がつくまで7分ほど蒸し焼きにする。裏返し、弱火にして5分焼いたら、熱湯を100mℓほど（分量外）を加え、再度、蓋をして蒸し焼きにする。水分がなくなったら、皿に取る。

5 肉を焼いたフライパンにパイナップルを入れて両面を軽く焼き、ハンバーグの上にのせる。

6 ソースをつくる。5のフライパンにパイナップルのシロップとバルサミコ酢を入れて弱火で煮詰める。トロリとしてきたらしょうゆを加えて混ぜ、ハンバーグにかける。

7 好みでバターコーンや、茹でたブロッコリー、キャロットグラッセなどの野菜を添える。

POINT
フライパンに残った脂や肉汁は、おいしいソースになるので、フライパンは洗わずそのまま使います。パイナップルの甘みを活かしたソースは焦げやすいので気をつけましょう。

The Borrowers

床下の小人たち

×

アリエッティ、初めて外に行った日のごちそう

いろいろなおはなしの中に、私たち人間の暮らしと隣り合わせで生きる、小さな人たちが登場します。コロボックルのように、呼び名がついていることもあります。この『床下の小人たち』では「借り暮らしの人たち」と呼ばれています。

そんな小さな一族のひとり、アリエッティがおはなしの主人公。彼女とおとうさん、おかあさんの3人家族であるクロック家は、大きな古い屋敷に住んでいます。その名のとおり、広間の大時計の下が一家の出入り口です。

彼らは、必要な物を人間から〝借りて〟生きています。食べ物や水はもちろん、ドールハウスの食器、大皿として使うコイン、チェスの駒の台座をテーブルに、糸巻きは椅子に……。「机の上に置いたはずなのにない!」ということはよくあることですが、彼らの仕業だった、というわけです。

ですから、借り暮らしの人々にとって人間とは「自分たちを養うために存在している巨人」。関わるとろくなことはないと恐れながらも、どこか小バカにしています。だって彼らは私たち(人間)を「インゲン」と呼んでいるのです。ニンゲンをインゲンと言い間違えているわけですが、メイン料理に添えるインゲン程度の存在ぐらいにしか思っていないのかも。ちなみに、原文では「human beans」で「human being」の言い間違いとなっています。

さて、借りぐらしの人たちはそんな考え方ですから、アリエッティは初めて人間の男の子と出会ったとき、小さい人(借り暮らしの人たち)より大きい人(人間)のほうがたくさんいると言われても、笑って信じません。

> ほんとに、そう思うの?——だって、いったい、どんな世界になるかしら?(中略)つまりね、みんなにゆきわたるだけのたべものは、すぐ、世界中になくなっちゃうだろう、っていうことなの! だから、おとうさんがいうのよ、あの連中が死にたえていくのは、いいことだって……ほんのすこしいれば、っておとうさんがいうのね、それでじゅうぶんだって——わたしたちを養うのによ。
> (114~116頁)

何と痛烈な批判! アリエッティたちから見れば、インゲンは養い主ですが、増え過ぎると地球の資源を食いつぶす困った存在なわけです。

そんな私たち人間からアリエッティたちを見ると、小さな床下の暮らしは、工夫に満ちていて魅力的です。革の手袋からつくった靴、マチ針は編み棒に、薬のビンの真鍮のふたは洗面器に、そして、壁には切手が絵画のように飾られ、小さなクズ石炭で赤々と燃える暖炉の前には、詰め物をした宝石箱のソファー……。素敵、小さくなってお茶に呼ばれたい!

でも、床下から外に出て、太陽の光、気持ちよい新鮮な空気、美しい草花を味わってしまったアリエッティは、この我が家を居心地よく思いながらも、胸の中にはっきりと、外への憧れを感じるようになるのです。

さて今日の一品は、アリエッティが初めて外の世界に触れた日のごちそう。アリエッティが帰ると、銀貨の皿が並ぶテーブルにはひとり1尾ずつ〈シバエビの煮たの〉が用意されていたそう。どんな味つけだったのかしら、と想像しつつ、私たちインゲン(人間)用にガーリックオイル煮にしてみました。底に残ったオイルもパンでぬぐって、残さずどうぞ! でも少し残しておいたら、あなたの家の借り暮らしの人たちが、このおいしいオイルを借りに来るかもしれません……。

〔材料〕（2〜3人分）

芝エビ　200g
オリーブオイル　100mℓ
にんにく　1かけ
セロリの葉　1本分
赤唐辛子　1本
塩　小さじ$\frac{1}{2}$

〔つくり方〕

1 芝エビはつまようじで背ワタを取り除く。ひげと尾のトゲをハサミで切り落とし、さっと洗う。にんにくは薄切り、セロリの葉はざく切りにする。赤唐辛子は種を取る。

2 小さなフライパンに、オリーブオイルとにんにくを入れる。弱火にかけ、じっくり5分ほど炒めて香りを出す。

3 2にペーパータオルで水気をふいた芝エビと赤唐辛子を加えてすぐに蓋をし、中火にする。油跳ねが落ち着いたら、セロリの葉と塩を加えて混ぜ、芝エビを裏返し、蓋をしてさらに3分ほど炒めて火を通す。

POINT
エビの殻が苦手という方は頭だけを先にじっくり炒め煮して出汁を取り、残りは殻をむいてさっと火を通してもよいでしょう。

『床下の小人たち』
メアリー・ノートン作、林容吉訳
（岩波書店）

シリーズ全5冊の1冊目。物語は、人間の子どものケイトがメイおばさんに昔話を聞かせてもらっているところから始まります。昔話は、借り暮らしの人たちであるアリエッティの家族のことと、彼らを見てしまった男の子のおはなしでした。物語の終盤、メイおばさんがケイトに言い聞かせる言葉が印象的。〈お話というものはね、けっして、ほんとにおわるってことはないんだよ。いつまでも、いつまでも、つづくものなのさ。ただ、ときどき、あるところまでいくと、話すのをやめるだけなんだよ〉（233頁）

Dvenadtsat Mesyatsev

森は生きている

×

寒い森から帰ってきて食べたい焼きたてパイ

すっかり寒くなってきたある日、あったかい部屋で読みたいおはなしを探して、書棚に並ぶタイトルを眺めていて、ふと目に入ったのが『森は生きている』。記憶の奥深くで「小学生のころにこのおはなしの劇をやったような気がする」と思いながらページをめくっていくと、やっぱり覚えのあるセリフがありました。

ころがれ、ころがれ、指輪よ
春のげんかん口へ
夏の軒場へ
秋のたかどのへ
そして、冬のじゅうたんの上を
新しい年のたき火をさして
(92頁ほか)

『森は生きている』は、ロシアの子ども向けの戯曲です。まま母とまま姉にいじめられている主人公の女の子が、苦難を乗り越えて最後に幸せを得る物語で、あとがきに訳者が書いているように、いわばロシア版シンデレラといったストーリー。本家のシンデレラとは違って、魔法使いは出てこなくて、代わりに12か月の精たちが登場します。

12か月を司る精たちは、3月、4月、5月の3人が少年、6月、7月、8月の3人が青年、9月、10月、11月の3人が中年、そして、12月、1月、2月の3人が老人です。大晦日に森の奥に集まって大きな焚き火を囲んでいた彼らは、幼い女王のワガママなおふれのせいでマツユキソウを探して冬の森をさまよっていた女の子と出会います。しかし、大晦日の凍った森に、春に咲くマツユキソウが咲くわけがありません。そこで1月、2月、3月の精たちは、1時間だけ4月の精に順番を譲り、彼女を助けるために凍った森に春をもたらします。

真冬に季節を動かして春の花を咲かせるという魔法は、1日でも早く春が来たらどんなにいいだろうという、厳しく長い冬を過ごす北国の人たちの願いそのものなのでしょう。

そして4月の精こそが、このロシア版シンデレラの王子様的存在です。彼が、女の子を助けようとほかの月の精たちにお願いし、マツユキソウが咲くように森を自分の月に変えたのですから。そして、別れ際には女の子に指輪を贈り、困ったときにはこの指輪を投げて唱えるように、と教えたのが、冒頭に紹介した魔法の言葉でした。

子どものころに声に出して読み、耳で聞いていたからなお一層、この印象的な言葉が記憶に刻まれていたのかもしれません。改めて読んでいると頭の中にセリフが響き、目で文字を追いながら登場人物を演じているような気がしてきます。

〈そら、熱いパイをお食べよ。(ペチカからパイをのせた鉄板をひきだす)ぽっぽと湯気がたってるよ。シューシュー音がしているよ。まるでものをいっているようだよ〉(54頁)と、まま母が自分の娘(まま姉)にパイをすすめるシーンを読んだときなんて、意地悪なふたりに憤慨しつつも、自分が焼き立てのパイを手に持っているような気になって、つい鼻をひくひくさせたりして。

ロシアでパイといえば、ピローク。お馴染みのピロシキは「ピロークの小さいもの」という意味だそう。ピロークは、季節の行事や宴席のテーブルには必ず並ぶ伝統料理で、肉や魚、野菜に卵などを具にします。もちろん甘い具を入れればデザートにもなります。まま母が焼いていたピロークは、年越しのディナーのためのごちそうだったのでしょう。どんな具が入っていたのかなぁ……と想像して、また鼻をひくひくさせてしまうのです。

『森は生きている』
サムイル・マルシャーク作、湯浅芳子訳（岩波書店）

大晦日のロシアの深い森の中、女の子が寒そうに何かを探しています。幼い女王の「マツユキソウが欲しいから、持って来たらそのカゴに金貨をいっぱいに与える」というワガママなおふれのために、まま母とまま姉に森にやられたのです。森の中で焚き火をしていた12の月の精霊に助けられ、無事にマツユキソウを摘んで帰るのですが、今度は女王が森へ行って自分で摘みたいと言い出し……。まま母とまま姉、ワガママ女王とそれに振り回される宮廷の人々など、それぞれのセリフでおはなしがすすめられていく戯曲です。これはスラヴ民話をもとに、１９４３年にマルシャークが書いたもの。１９４８年のモスクワでの初演以来、日本を含め、世界中で今なお上演され続けています。

寒い森から帰ってきて食べたい焼きたてパイ

こちらのパイの中身は、きのことサワークリームで熱々トロリ。寒い外で過ごして冷えた身体を、中から温めてくれそうです。

〔材料〕(直径16cmのパイ皿1枚分)

パイ生地
- 薄力粉　200g
- バター(無塩)　100g
- 塩　小さじ1/2
- 卵　1個
- 水　小さじ1程度

具材
- 好みのきのこ(しめじやマッシュルームなど)　350g
- 玉ねぎ　中1/2個
- サワークリーム　90ml
- 塩　小さじ1/2
- こしょう　少々
- オリーブオイル　大さじ1

打ち粉(薄力粉)　適量

卵黄　1個

〔下準備〕

・バターは1cm角に切って冷やしておく。

〔つくり方〕

1 パイ生地の材料をすべてフードプロセッサーに入れ、軽く攪拌する。全体が均一に混ざり、さらさらのそぼろ状になったら、まとめてラップで包み、冷蔵庫で1時間ほど置く。

2 具をつくる。きのこは石づきを切り落として食べやすい大きさに切るか、ほぐす。玉ねぎは薄切りにする。

3 フライパンにオリーブオイルを入れ、玉ねぎを透き通るまでじっくり弱火で炒める。きのこを加えて中火にし、塩とこしょうをふってきのこがしんなりするまで炒める。火を止め、粗熱が取れたらサワークリームを加えて混ぜる。

4 冷蔵庫からパイ生地を取り出して、打ち粉をした台にのせ、4、5回こねたら、生地を大きめと小さめのふたつに分ける。小さいほうは冷蔵庫に入れる。大きいほうの生地は、麺棒で厚さ3mm程度にのばす。パイ皿を置き、それよりひと回り大きな円形に切り抜く。パイ皿に敷いてフォークで穴を開け、3の具材を入れる。

5 冷蔵庫から小さいほうのパイ生地を取り出して、打ち粉をした台にのせ、4で余った生地も一緒にまとめる。麺棒で4と同様にのばし、パイ皿と同じくらいの円形に切り抜いて、4の具材の上に被せる。外側にはみ出ている下のパイ生地をたぐり寄せて上のパイ生地と合わせ、餃子を包む要領でひだをつけながら、指でしっかりと閉じる。

6 オーブンを200℃に温める。その間に竹串でパイの表面に穴を開けて模様を描き、水少々(分量外)で溶いた卵黄をまんべんなく塗る。

7 6を天板にのせ、温めたオーブンで30〜40分、表面にこんがり焼き色がつくまで焼く。

POINT フードプロセッサーを使わない場合は、粉類とバターをボウルに入れて、カードでバターを切り刻みながら、手のひらですり合わせ、そぼろ状になったら溶き卵と水を加えます。パイの表面には竹串で穴を開けて模様を描くほか、余ったパイ生地で葉っぱなどの飾りをつけてもよいです。

Mera om oss barn i Bullerbyn

やかまし村の春・夏・秋・冬

×

クリスマスの食卓にはヤンソンさんの誘惑

自然をモチーフにしたデザインが人気の北欧の雑貨や家具。そこには、短い夏は淡い光に包まれた美しい自然を謳歌し、長い冬は家の中で心地よい時間を過ごすという、北欧のライフスタイルが反映されています。そんな、日本から遠く離れた国の暮らしの魅力を、最初に教えてくれたのは、「やかまし村」シリーズでした。

全3冊からなるこのシリーズは、スウェーデンのある農村「やかまし村」に暮らす、3つの家族の6人の子どもたちの日々を綴った物語です。語り手のリーサ、そしてラッセにボッセ、オッレにブリッタにアンナ。まずその独特の名前に興味を惹かれて読み始めると、四季折々の遊びや、北欧ならではの行事に彩られた彼らの日々に夢中になります。

シリーズ2冊目の『やかまし村の春・夏・秋・冬』は、クリスマスの準備から始まります。子どもたちはクッキーを焼き、森へモミの木を採りに行き、クリスマスを心待ちにするのですが、クリスマスイブの前の日の夜、リーサは散らかった台所を見て不安になります。でもおかあさんはさすがです。リーサが朝起きると、家の中はクリスマスの雰囲気に満ちています。

テーブルにはロウソクが立ち、食べものがどっさりならんでいましたが、わたしは、だいたいハムしかたべませんでした。ええ、もちろん、おかゆはたべました。おかゆには、アーモンドがはいってるかもしれないからです。（25頁）

クリスマスにおかゆにアーモンド？　と頭にハテナが浮かびそうですが、これはスウェーデンのクリスマスの伝統。おかゆにアーモンドが入っていた人は、翌年に結婚するといわれているんだそうです。主人公のリーサはこのおかゆを食べるために、ごちそうでお腹いっぱいになり過ぎないようにしたのでしょうね。

リーサが食べなかったやかまし村のクリスマスのごちそうは、ほかにどんなものがあったのでしょう。スウェーデンのクリスマスはユールボードというクリスマス・ブッフェ。ニシンの酢漬けやサーモンなどの冷たい料理から、ミートボールやハムのグリルなどの温かい料理までがずらりと並ぶそうです。

やかまし村のテーブルには、「ヤンソンさんの誘惑」もいい匂いを漂わせていたに違いありません。「ヤンソンさんの誘惑」とは、じゃがいものグラタン。こちらもユールボードの温かい料理の代表選手です。北欧の暮らしから生まれた、素材を生かしたシンプルな一品。大人も子どもも大好きな、優しい味に仕上げました。冬の食卓にぜひどうぞ。

『やかまし村の春・夏・秋・冬』
アストリッド・リンドグレーン作、
大塚勇三訳（岩波書店）

南屋敷、中屋敷、北屋敷の3家族が暮らすやかまし村の日常を、子どもたちの目線で綴る「やかまし村」シリーズ。2冊目の本作では、クリスマスから夏休み、そして秋になって学校が始まるころまでの1年間のできごとが描かれます。作者のリンドグレーンは、スウェーデンの農場で育ち、その記憶が彼女の作品に色濃く反映されているといいます。特に「やかまし村」シリーズは自身の子ども時代の楽しい思い出そのものだそう。1947年にシリーズ1冊目が出版されてからもう70年以上経ちますが、今も世界中の子どもたちに愛されています。

〔材料〕（直径20cm程度のグラタン皿1個分）

じゃがいも　中3個
玉ねぎ　1/2個
アンチョビフィレ缶　1缶
牛乳　300㎖
生クリーム　100㎖
パン粉（細挽き）　20g

〔下準備〕

・オーブンは200℃に温めておく。
・グラタン皿にオリーブオイル（分量外）を塗っておく。

〔つくり方〕

1　じゃがいもは皮をむき、3〜4㎜幅程度の細切りにする。玉ねぎは薄切りにする。

2　鍋に牛乳と生クリームを入れ、沸騰させないように弱火で5分ほど煮詰める。

3　1のじゃがいもと玉ねぎの半量をグラタン皿の底に広げ、その上にアンチョビフィレの半量を手でちぎりながら散らす。残りも同様に重ね、2を注ぐ。

4　パン粉をふり、アンチョビ缶に残ったオイルを回しかけたら、温めたオーブンに入れ、40分ほどしっかり焦げ目がつくまで焼く。

POINT　牛乳と生クリームの割合は、お好みで調整してください。

More about Paddington

パディントンのクリスマス

×

銀貨を探しながら食べるクリスマスプディング

有名なクマといえば、誰を思い浮かべますか？　最近、不良中年グマ〝テッド〟もすっかり人気のクマとしてその地位を確立しましたし、元祖スターといえばプーさんもいますが、もうひとりイギリス生まれのクマのアイドルがいます。パディントンです。

　ルックスのかわいさはもちろんですが、パディントンの魅力は、その旺盛な好奇心です。どのページを開いても、気になることをとことん調べ、知らないものにチャレンジし、丹念に商店を回ってお買い得品を探すパディントンの姿があります。ペルーからロンドンにやって来たパディントンにとっては、見るもの聞くものが新しいことばかり。好奇心も刺激されるはずです。そんなパディントンの目を通して、読む人は、イギリスの日常や習慣に触れていきます。

　シリーズ2冊目の『パディントンのクリスマス』では、日常の珍事件のほかに、大きな焚き火と花火を楽しむ11月の「ガイフォークスデー」や「クリスマス」など、イギリスの冬の風物詩が描かれます。ある日、パディントンがクリスマスの買い物に出かけたのは、いつものデパートではなく、超高級百貨店。英国の階級社会が体現されたような店の雰囲気や、店員の物腰に、さすがのパディントンも緊張気味……。でもペースは崩しません。

……前足で、ポンポンと軽くコートをはたきました。そのとたん、小さなほこりのかたまりがパッと宙に舞い上がり、それから、ゆっくりと、ピカピカにみがきあげられたカウンターの上に落ちていきました。店員は、あっけにとられて、じーっとそれを見ていました。

　パディントンは、店員の視線を追いました。

「それ、きっとさっき舗道でついたんだと思います。」と、パディントンは、釈明のためにいいました。「ぼく、回転ドアのところで、事故にあったんです。」

　店員は、軽くせきをして、「それはそれは、とんだご災難で。」と、いいました。（148〜149頁）

　ブラウン家の家政婦であり、パディントンの最大の理解者であるバードさんは、〈おまえは、ただの小さいクマかもしれないけど（中略）でも、たしかに、行く先々にあとを残すわね〉（168頁）と彼を評します。あちこちで多少の騒動を起こしても、愛らしく、礼儀正しいパディントンだから、関わった人々の心にも、読んだ人々の心にも、忘れられない思い出を残していくのです。

　さて、いよいよクリスマスの日。この日はどうもいつもとはあべこべで、パディントンではなく周りの人たちが珍事を引き起こしてしまうのがおもしろいのですが、それも、みんながパディントンを大好きだからにほかなりません。

　イギリスのクリスマスといえば、クリスマスプディング！　パディントンもお代わりして食べました。昔はクリスマスの1か月ほど前になると、各家庭でつくって軒先に吊るし、熟成させていたそうです。今回は当日につくろうと思い立っても間に合うレシピをご紹介。イギリスの伝統では、中に銀貨を1枚入れます。銀貨入りのピースが当たった人には、来年いいことがあるそうですよ。

『パディントンのクリスマス』
マイケル・ボンド作、松岡享子訳、
ペギー・フォートナム絵
(福音館書店)

ペルーからロンドンに単身移住してきたパディントンは、パディントン駅でブラウン一家と出会い、一緒に暮らし始めます。そしてその独特のモノの見方とチャレンジ精神で、毎日いろいろな騒動を起こしていきます。いろいろな珍事件に巻き込まれながらも、ブラウン家の人々はパディントンとのかけがえのない時間を積み重ねていくのです。作者のボンドは、国営放送のカメラマンとして働きながら、1958年にパディントンを生み出しました。そのモデルは妻にプレゼントしたクマのぬいぐるみ。実際にそのクマは自宅の最寄駅にちなみパディントンと名づけられたんだそう。

銀貨を探しながら食べるクリスマスプディング

今日は銀貨は入れませんが、ドライフルーツはたっぷり入れました。どっしり濃厚な味わいなので、小さく切り分けてどうぞ。

〔材料〕（直径15cm程度の耐熱ボウル1個分）

A
- レーズン　50g
- ドライプルーン（種抜き）　50g
- セミドライいちじく　50g
- オレンジピール　25g
- ドライクランベリー　25g
- ラム酒　大さじ1

B
- 薄力粉　50g
- パン粉　50g
- シナモンパウダー　小さじ$\frac{1}{2}$
- ナツメグパウダー　小さじ$\frac{1}{2}$

- くるみ　50g
- バター（無塩）　100g
- きび砂糖　大さじ1
- 卵　2個
- 牛乳　大さじ2

〔下準備〕
- ・バターは常温に戻し、クリーム状に練っておく。
- ・卵はよく溶いておく。
- ・くるみは粗く刻んで、フライパンで香ばしく炒っておく。
- ・耐熱ボウルにバター（分量外）を塗っておく。
- ・蒸し器にたっぷりの湯を沸かしておく。

〔つくり方〕

1　Aのドライフルーツはレーズンの大きさに合わせて切る。ボウルに入れ、ラム酒をふって混ぜ、表面にぴったりとラップをして10分ほど置く。

2　大きめのボウルにBを入れて混ぜ、1とくるみを加え、ゴムベラでよく混ぜる。バターときび砂糖も加え、さらに切るように混ぜる。

3　全体が混ざったら、溶き卵を数回に分けて加え、その都度混ぜる。最後に牛乳も加え、均一になるようによく混ぜる。

4　バターを塗った耐熱ボウルに3を移して表面を平らにならし、アルミホイルで蓋をして輪ゴムで止める。

5　湯気の立った蒸し器に入れ、1時間ほど中火で蒸す。湯がなくならないよう、適宜湯を足す。竹串を刺し、何もついてこなければ蒸し上がり。

6　蒸し器から取り出し、そのまま冷ます。食べる直前に型から抜いて、好みの大きさに切り分ける。

POINT　型から抜く際には、小さめの包丁でボウルとプディングの間に隙間をつくり、ボウルの底を少し湯煎にかけるとすぽんと抜けます。

Kiki's Delivery Service

魔女の宅急便

×

大晦日に食べる肉だんごのトマト煮

おはなしには、しばしば魔女が登場します。怖い悪い魔女もいますが、困ったときに助けてくれる魔女もたくさんいます。そういう魔女のおはなしを読みながら、疑問に思っていたのが「どうして魔女は女だけなの？　魔女って何者？」ということ。そんな長年のもやもやに答えをくれたのは、テレビのトーク番組に出演していた作家の角野栄子さんでした。『魔女の宅急便』の作者である角野さんは、「本来、魔女というのはおかあさんだといわれているんです」と語ったのです。曰く、昔々、家族が健康で無事に過ごせるように、薬草のお茶を用意したり、枕にハーブを入れたりしていたおかあさんこそが魔女のはじまりで、人に元気を与えてくれる自然の力を知っていたおかあさんが、やがて近所の人たちをも助けるようになったのだ、と。

その言葉が腑に落ちて、改めて『魔女の宅急便』を読んでみると、このおはなしが「小さい魔女が一人前になる物語」であり、「女の子が成長しておかあさんになる物語」でもあったのだ、ということに気づかされました。

「魔女の宅急便」は、全部で6冊になるシリーズ。魔女のキキが13歳で親元を離れてひとりだちするところから、おはなしは始まります。キキが、空を飛ぶという唯一できる魔法を使って始めたのが、宅配便屋さんです。

ところでキキは「魔女なんだから」と言われるのを嫌がっています。だって、魔女といってもできるのは飛ぶことだけ。迷ったり、悩んだりしているときにそれを解決してくれる魔法はありません。普通の人たちと同じように、自分で考えて、決めて、前に進んでいくのです。そしてその様子に、読む人は共感しつつ、元気をもらいます。

1冊目の『魔女の宅急便』は、ひとりだちして1年目の物語。戸惑ったり、心細くなったりもしますが、なんとか魔女の宅配便屋さんとしての1年を終えることができました。でも、里帰りを直前に、キキは不安になります。「必死で頑張って来たけれど、ちゃんとできていたのかな？」と……。このキキのように、無我夢中で頑張ったときにふいに自信をなくし、〈ほんとうはどうなのか、だれかにきいてみたいという気がしきりにするのでした〉（２３７頁）という経験は誰しもあるのではないでしょうか。だから読んでいて、キキの気持ちが痛いほど分かり、そして大家のおソノさんの言葉に、鼻の奥がツンとしてくるのです。

「キキ、かならず帰ってくるのよ。あたしたち、おとなりさんが魔女でほんとにまんぞくしてるんだから。だれかもいってたわよ、キキがこの町の空を三日も飛ばないと、なんだかものたりない、って」

キキは泣きだしそうになる顔をゆがめて、おソノさんにとびつきました。

「もちろん、もちろん、帰ってくるわ」（２４５頁）

こうして、自分の町を見つけたキキは、2年目以降も町の空を飛び回り、いろいろなものを運びながらたくさんの人と出会い、成長していきます。そして6冊目では、双子のおかあさんとして、今度は子どもたちの旅立ちを見守ることになるのです。

そういえば、1年目のキキがまだ新しい町に慣れていないことが分かるのが、大晦日のシーン。その町では、12時の鐘を合図にマラソンをするのです。ところがそれを知らなかったキキは、故郷の町の習慣で、大きな肉だんごのトマト煮込みをつくっていました。でも、2冊目に描かれる2年目の大晦日には、肉だんごをつくるのを忘れています。その代わり、すっかり町にも慣れて、マラソン大会を手伝っているキキなのでした。

『魔女の宅急便』
角野栄子作、林明子絵（福音館書店）

魔女のおかあさんとふつうの人のおとうさんの間に生まれたキキは、10歳のときに魔女になる決心をしました。そして、決まりに則って13歳の満月の夜に相棒の黒猫ジジと一緒に旅立ち、魔女のいない町を見つけてひとり暮らしを始めます。一人前の魔女になるために、そしてひとりでも多くの人に、まだ不思議がこの世界にあることを知ってもらうために。降りたったコリコの町で、パン屋のおソノさんに助けられて「魔女の宅急便」を始めたキキは、次第に町の人たちと交流を深め、さまざまな物を運びながら、1年目を終えます。このおはなしに続く全6冊のシリーズを通してキキの成長をたどるうちに、読む人は、キキたち魔女が伝えようとしている〝目に見えないもの〟の大切さが、分かるようになるのではないでしょうか。

大晦日に食べる肉だんごのトマト煮

キキの故郷の大晦日の肉だんごは、りんごほどもある大きな肉だんご。その食卓を家族で囲んで1年の思い出を語り合うんだそうです。

〔材料〕（4人分）

肉だんご
- 合い挽き肉　500g
- 玉ねぎ　1個
- にんにく　1かけ
- タイム　4〜5本
- 卵　1個
- 塩　小さじ1/2
- こしょう　少々
- 片栗粉　大さじ1
- オリーブオイル　小さじ2

トマトソース
- トマト水煮缶（ダイスカット）　1缶
- 水　200mℓ
- 玉ねぎ　1個
- セロリ　1本
- タイム　4〜5本
- オリーブオイル　小さじ2
- 塩　小さじ1/4

〔つくり方〕

1　肉だんごをつくる。玉ねぎはみじん切りにし、にんにくはすりおろす。タイムは葉を摘む。

2　ボウルに片栗粉とオリーブオイル以外の肉だんごの材料を全部入れて、粘り気が出るまでよく混ぜる。粘り気が出たらラップをかけて冷蔵庫で20分ほど置く。

3　2のタネを8等分し、それぞれをキャッチボールをするようにして中の空気を抜きながら、丸く成形する。フライパンを中火にかけて温め、オリーブオイルをひく。成形したタネに片栗粉を薄くまぶし、フライパンに並べて焼く。両面に焼き色をつけたら、バットなどに取る。

4　トマトソースをつくる。玉ねぎは1cm角に切り、セロリは葉の部分は小さめのざく切りにし、茎の部分は1cm角に切る。タイムは葉を摘む。鍋を中火にかけて温め、オリーブオイルをひいて玉ねぎ、セロリ、タイムを入れて塩をふり、焦げないように炒める。

5　香りが出てきたら、トマト水煮と水を加える。ひと煮立ちさせたら3の肉だんごを入れる。蓋をして弱火にし、ときどきアクを取りながら、30分ほど煮込む。水分が飛んでもったりするまで、少し強火にして優しく混ぜながら煮詰める。

POINT

タイムは肉や魚の臭み消しであり、また洋風煮込みに欠かせない風味づけのブーケガルニ（ハーブを束ねたもの）代わりでもあります。トマトとの相性もよいので、ぜひ使ってください。

The Wind in the Willows

たのしい川べ

×

ひねくれ者の機嫌も直すキャベツと肉のフライ

ゆったり揺れる水面のきらめきや、森の濃い緑の薫り、ふわふわ降ってくる雪——生き生きとした自然に触れたときの感動を、大人になると忘れてしまいがちです。でもそれを思い出させてくれる美しい描写が、このおはなしの中にはたくさんあります。たとえば、主人公が生まれて初めて川を見たときのこと。

このつやつやと光りながら、まがりくねり、もりもりとふとった川という生きものを見たことがなかったのです。川はおいかけたり、くすくす笑ったり、ゴブリ、音をたてて、なにかをつかむかとおもえば、声高く笑ってそれを手ばなし、またすぐほかのあそび相手にとびかかっていったりしました。
(11頁)

この『たのしい川べ』は、四季折々の楽しみに囲まれた、魅力的な田舎暮らしのおはなし。そして、暮らしているのは動物たちです。

主人公は、土の中から外の世界に飛び出して地上の世界に魅了されたモグラ。好奇心旺盛で思慮深く朗らかな彼は、詩作が好きできまじめで優しい川ネズミと出会い、一緒に川べで暮らし始めます。大きなお屋敷に住んでいるのは、派手好きで夢中になると何も見えなくなってしまうヒキガエル。そして、年長で社交嫌いだけど責任感の強いアナグマは、みんなを温かく、ときに厳しく見守ります。ほかにも、ちょっと意地悪なウサギたちに人懐っこいカワウソ親子、ハリネズミや野ネズミのチビッコたちが登場します。

彼らは、ごちそうを詰めたバスケットを持ってピクニックに出かけたり、暖炉を囲んで語り合ったり、クリスマスをお祝いしたり、季節を味わいながら暮らしています。そうやって擬人化された動物たちの楽しげな日々は、冒頭に紹介したような自然の描写とともに綴られ、作者の自然への愛情に満ちた眼差しと憧れを感じます。読む人はきっと「こんなふうに美しい自然の中で暮らせたら、どんなに楽しいだろう」という気持ちになりますが、それは作者の願いそのものでもあるのだと思います。

そしてこのおはなしがおもしろいのは、擬人化された動物たちが登場する世界なのに、そこには人間も隣人として描かれているところ。特にトラブルメーカーのヒキガエルは、人間の警察、裁判官にお世話になり、ついには牢獄に繋がれてしまいます。

牢獄で嘆くヒキガエルを元気づけようとするのは、人間の看守の娘。落ち込んでごはんを食べようとしないヒキガエルに、彼女はキャベツと肉のフライを差し入れるのです。できたてホカホカのフライの匂いは、ふてくされてブルーなヒキガエルの気持ちを、前向きに盛り上げます。どんなにヘソを曲げていても、おいしそうな匂いには、やっぱり誰も敵わないのです。

ほかにも、おいしそうなシーンがしばしば登場する『たのしい川べ』ですが、「ええっ!?」と驚かされた一品もありました。それはビールのお燗！ 改めて調べてみると、ホットワインのようにスパイスや甘さを加えて温めたビールは、ヨーロッパ各地の伝統的な冬の飲み物なんだそう。おはなしのおかげでまたひとつ、知らなかった味を知りました。キャベツと肉のフライとご一緒に、みなさんもお試しあれ！

〔材料〕（2人分）

芽キャベツ　8〜10個
鶏ムネ肉　1枚
卵白　1個分
薄力粉　大さじ2
塩　小さじ1/3
カレー粉　少々
揚げ油　適量

〔つくり方〕

1 芽キャベツは根元に十字の切り込みを入れる。鶏肉は食べやすい大きさにそぎ切りにし、両面に繊維を裁つように隠し包丁を入れ、軽く塩（分量外）をふる。

2 ボウルに卵白、薄力粉、塩半量を入れ、卵白を切るように混ぜる。

3 鍋に揚げ油を中温に温め、芽キャベツを入れる。油が跳ねるので、すぐに蓋をし、落ち着くまでそのまま置く。5分ほどして落ち着いたら、芽キャベツを軽く転がし、少し火を強める。仕上げに高温でカリッと揚げて取り出す。

4 揚げ油を中温に戻し、鶏肉を2の衣にくぐらせて、そっと油に入れる。鶏肉の縁が白っぽくなってきたら裏返す。再び火を少し強め、高温でカリッと揚げて取り出す。

5 皿に油をきった芽キャベツと鶏肉を盛り、残りの塩とカレー粉を混ぜたものをふる。

POINT

「揚げ物は油の片づけがちょっと……」という方は、芽キャベツを半分に切り、浅めの油で揚げるのがおすすめです。この場合も、蓋をお忘れなく！

『たのしい川べ』
ケネス・グレーアム作、石井桃子訳
（岩波書店）

作者が、息子のために書き綴った手紙が原型になって生まれたという物語。地下から地上に出たモグラと、そのモグラと一緒に暮らすネズミの日々を中心に、車泥棒をして牢に繋がれたヒキガエルが脱獄し、ほうほうの体で家へたどり着くまでの冒険話が織り交ぜられています。美しい自然とそこで暮らす生き物たちの描写に、優しく楽しい気持ちになります。美しい挿絵は、『くまのプーさん』の挿絵も手がけた画家のE・H・シェパードによるもの。両方の本の見返しに描かれている絵地図を見比べるのも楽しいです。

Snow Crossing

雪わたり

×

ほっぺが落ちるほどおいしいきび団子

宮沢賢治の童話には、幻想的な風景がたくさん登場します。『銀河鉄道の夜』の夜空を駆ける列車の車窓、『やまなし』の蟹の親子が暮らすきらめく川の中、そして『雪わたり』の雪原。

雪がすっかり凍って大理石よりも堅くなり、空も冷たい滑らかな青い石の板で出来ているらしいのです。

「堅雪かんこ、しみ雪しんこ。」

お日様が真っ白に燃えて百合の匂を撒きちらし又雪をぎらぎら照らしました。（3頁）

こんなふうに始まる物語では、雪におおわれた野山を舞台に、人間の子どもたちときつねの子どもたちとの交流が描かれます。

「堅雪かんこ、しみ雪しんこ」と、わらべ歌を歌いながら雪原へ遊びにでかけた四郎とかん子の兄妹は、白い子ぎつねと出会います。きつねをからかって四郎が歌うと、子ぎつねの紺三郎も歌って返します。

物語の中で兄妹やきつねたちが歌う「堅雪かんこ」の歌は、地域によって歌詞が変わったりしながら、岩手や青森の辺りに伝えられてきたわらべ歌だそう。読んでいると、元の歌を知らなくても、その歌声が耳の奥から聞こえてくるような、素朴でリズムのよい言葉です。声に出して読みたくなってしまいます。

ほかにも、この作品には声に出して読みたくなるような言葉が登場します。たとえば、かたく凍った雪原を歩いたり踊ったりすると〈キック、キック、トントン。キック、キック、トントン〉（13頁）と足元が鳴り、森の中の木の芽は〈風に吹かれてピッカリピッカリと〉（15頁）、月夜の雪は〈チカチカ青く〉（19頁）光ります。「キラキラ」「パチパチ」などのお馴染みのオノマトペもあちこちに織り交ぜられ、読んでいるとその手触りや音や色が、自分が体験したことのように頭の中に再現されるのです。

自然の様子を描く独特のオノマトペは、宮沢賢治のほかの物語にもたくさん見つかります。彼の自然に対する真摯なまなざしや自然を感じる力の豊かさが、そんな表現を生み出したのではないでしょうか。外遊びに出かけるときには、宮沢賢治の物語を読んで、彼の言葉を胸においてから自然と触れてみると、見え方が違ってくるかもしれません。

さて、おはなしのクライマックスに登場するのが、子ぎつねたちと人間の子どもたちのきずなを確かなものにするきび団子。子ぎつねが四郎とかん子につくったきび団子は、ほっぺたも落ちそうなほどのおいしさだったそう。

最近はその高い栄養価で見直されてきたきびなどの雑穀。ごはんに混ぜて食べたりしますが、ぜひお団子でもその風味を味わってみてください。

『雪わたり』
宮沢賢治作、小林敏也絵（好学社）

宮沢賢治はたくさんの童話を残しましたが、生前に刊行されたものは少なかったそうです。このおはなしは、そんな彼のデビュー作です。冬の晴れた日、四郎とかん子は、わらべ歌を歌いながら、凍ってかたくなった雪原の散歩に出かけます。森の入り口で出会った賢い子ぎつね紺三郎に、四郎とかん子が心を開いて信頼関係を築いていくのに時間はかかりません。紺三郎はきつねの子どもたちによる夜の幻燈会にふたりを招待します。幻想的な情景の中で描かれる、人の子ときつねの子の交流が印象的です。

〔材料〕（直径2㎝のお団子各20個分）

きび団子
- 団子粉　100g
- もちきび　大さじ2
- 木綿豆腐　1/2丁（150g）

たかきび団子
- 団子粉　50g
- たかきび粉　50g
- 木綿豆腐　1/2丁（150g）

あんこ、きな粉、黒蜜　各適量

〔つくり方〕

1　きび団子をつくる。鍋にもちきびと被る程度の水を入れ中火にかける。沸とうしたら弱火にし3分ほど茹でて、目の細かいザルに上げる。ボウルに団子粉、木綿豆腐を手でつぶしながら加え、少しかための耳たぶ程度になるまでこねる。水気をきったもちきびも加えて、均一に混ぜる。

2　たかきび団子をつくる。ボウルにたかきび粉と団子粉を入れ、木綿豆腐を手でつぶしながら加えてこねながら、耳たぶ程度のかたさになるまでこねる。

3　鍋にたっぷりの湯を沸かす。1と2をそれぞれ2㎝程度に丸めて茹でる。浮き上がってきたものから冷水に取り、水気をよくきる。

4　皿に団子を盛り、あんこやきな粉、黒蜜を添える。

POINT　水の代わりに豆腐でこねると、かたくなりにくいのです。お味噌汁に入れてもおいしいですよ。

The Lion, the Witch and the Wardrobe

ライオンと魔女

×

いくつでも食べたくなる小さなプリン

魔法の国に行ってみたい、言葉を話す動物たちや魔法使いに会ってみたい。そういう子どものころの願いを叶えてくれたのは、たくさんの本でした。豊かな言葉で描かれた魔法の国の様子やできごとは、読み進めるにつれ、頭の中で立体になり色づき、さらには匂いや味や温度を持ちました。そこで暮らす動物たちや魔法使いは、言わば古い友だちといった感じで、大人になってからページを開くと、「久しぶり」と物語の世界に迎え入れてくれます。

『ライオンと魔女』の登場人物たちもそんな古い友人たちであり、かつて覗かせてもらった彼らの世界は、今も色鮮やかに記憶されています。

「ナルニア国ものがたり」シリーズの最初のおはなしである『ライオンと魔女』は、古い大きなたんすを通って「ナルニア国」にやって来たピーター、スーザン、エドマンドにルーシィの兄弟姉妹が、魔女の魔法で冬に閉ざされてしまったナルニア国の救世主として、偉大なライオン、アスランとともに魔女に立ち向かう物語。彼らの冒険物語を追いかけながら、ふしぎの国の住人やその暮らしを知るのが楽しくて、ページをめくったものでした。

たとえば、ルーシィが最初に出会ったナルニアの住人であるフォーンのタムナスさんのお宅は、いかにも若い趣味人の家、という感じで、どっさり本のある素敵なインテリア。一方、ビーバー夫妻のお宅は、ミシンや工具など、生活の道具が並ぶ質素ながら居心地よい空間。その暮らしぶりのとおり、ビーバー夫妻は真面目で前向きな信念の人。4人を奮い立たせてアスランの元へ導いていきます。

個性豊かなナルニアの住人の中でも、偉大なライオン、アスランの存在感は別格です。アスランは、そんなに多くを語りません。それでも偉大なライオンは、4人の子どもたちにも、読み手の子どもたちにも、特別な力を与えることができます。みんなを裏切って魔女のところに行ってしまったエドマンドが無事に戻って来た朝、アスランが彼を迎え、みんなと引き合わせる様子は、短いけれど深く心に残るシーンのひとつです。

> ……アスランとエドマンドが、ほかのものたちとはなれて、露のおりた草の上をいっしょに歩いているすがたを見ました。アスランが何を話したかは、みなさんにお話しするひつようがないでしょう。それに、ほかにはきいた者もいないのです。ただそれは、エドマンドが忘れることのできない会話でした。ほかの子たちがちかづいてくると、アスランは、エドマンドをつれて、そちらをむかえました。
> 「きょうだいがもどってきた。もう、すぎたことを話すひつようはないぞ。」とアスランがみんなにいいました。（172〜173頁）

エドマンドが兄弟たちを裏切ることになってしまったのは、魔女の食べ物を食べてしまったからでした。初めて魔女に会ったとき、好きなものを聞かれてエドマンドが答えたのはプリン。それを聞いた白い魔女は雪に魔法のひとしずくをたらり、するとどこからともなくぎっしりプリンが詰まった箱が現れたのです。今まで食べたことのないほどおいしいプリン、食べれば食べるほど食べたくなってしまうし、もし食べたいだけ食べると……。ああ、どのおはなしでも、悪い魔女のくれる食べ物はおそろしいワナです。

今日は、魔法は使わず、卵と牛乳で小さなとろけるプリンをつくりました。魔女の食べ物ではないので、ひとりでいくつ食べてもおそろしいことは起きないけれど、家族や友だちと仲よく分けて食べれば、きっとおいしさが増すはずです。

『ライオンと魔女』
C・S・ルイス作、瀬田貞二訳
（岩波書店）

ナルニア国にまず最初に足を踏み入れたのは、末っ子のルーシィでした。その次に3番目のエドマンドが、そしてついに兄のピーターと姉のスーザンも一緒にナルニアを訪れます。白い魔女の魔法で、冬に閉ざされ続けているナルニアには、言い伝えがありました。4人の人間の子どもが、偉大なライオン、アスランとともに、悪い魔法の時代を終わらせるという……！
1950年〜1956年にかけて発表されたシリーズは全7冊で、こちらの世界からナルニア国を訪れた子どもたちが、それぞれにミッションを果たす冒険が描かれています。今回紹介した魔女のプリン、実は原文では「Turkish Delight」となっています。これはトルコの甘くやわらかなお菓子。このお菓子は日本の子どもたちには馴染みがないので「プリン」としたと、訳者があとがきに記しています。

いくつでも食べたくなる小さなプリン

生クリームと牛乳をたっぷり使ったトロリやわらか仕上げのプリンは、カップにいれたまま いただきます。

〔材料〕（100mℓ程度の耐熱カップ6個分）

プリン
- 卵　3個
- 牛乳　300mℓ
- 生クリーム　100mℓ
- 砂糖　70g

カラメルソース
- 砂糖　25g
- 水　大さじ1
- 湯　大さじ1程度

〔下準備〕
- ・卵は常温に戻しておく。
- ・オーブンは150℃に温めておく。
- ・牛乳は60℃くらいに温めておく。

〔つくり方〕

1. ボウルに卵を割り入れる。泡立て器でよくほぐし、砂糖を加えて混ぜる。温めた牛乳と生クリームも加えてさらによく混ぜたら、茶漉しなどで一度漉して、なめらかにする。
2. カップに1を均等に注ぎ、天板に並べる。天板に60℃程度の湯を1cmほどの深さまで注ぐ。
3. 温めたオーブンに入れ、40～60分蒸し焼きにする。様子を見ながら、途中、焦げないようにアルミホイルを被せる。中心がふるふると揺れる程度にかたまっていたら、焼き上がり。粗熱を取ってから、冷蔵庫でよく冷やす。
4. カラメルソースをつくる。小鍋に砂糖と水を入れて弱火にかけ、鍋を大きく回しながら混ぜる。甘い香りがして、飴色になってきたら火を止め、湯を加えて木ベラで混ぜる。粗熱が取れたら、冷やしたプリンにかけていただく。

POINT

カップにプリン液を注いだときに気泡ができてしまったら、スプーンで取り除くか、畳んだペーパータオルの角でそっと吸わせると、きれいに仕上がります。

あとがき

子どもだったころ、図書館に行くことは遊びのひとつでもあり、習い事みたいな習慣でもありました。気に入って何度も借りて読んだ本には、たいていおいしそうなものが登場していて（そして見たことも聞いたこともない謎な食材が入ってたりして）、「それってどんなの？」と物語の棚と料理本の棚をウロウロしては、あの人形の抜き型を買ってほしい、とねだったり、砂糖漬けの花を作ろうとして失敗し、怒られたりしておりました。

そうやって好きなだけ物語の世界に潜り込む贅沢な時間を過ごしていたころの自分を、うらやましく思いつつ、これを書いてますが、いやいや、大人もなかなか悪くない。

大きくなった自分は、いろんな土地のいろんな料理を食べにいったりして「おぉ！　もしやこれは、あのおはなしに出てきた料理？」とか「あの謎の食材は、これだったのか！」と、答え合わせができるようになりました。それに「あのおはなしをもう一回、読みたい！」と思ったら、自分で買うこともできます。

何より、こうやって、おはなしの素敵な世界をみなさんに伝えることもできました。ほんと、大人もよいものですね。

さて、この本は、MilK JAPON WEB（milkjapon.com）に連載していたものをまとめたものです。本にまとめるにあたって、それぞれのおはなしを読み直したり、勢いで新しい本を読んだりしました。そこには無限に広がる物語の海があり、潜れば潜るほどにその深さを思い知らされ、ワクワクします。
そして、おはなしを読みながら、そこに描かれたお料理をどんなふうにつくろうか想像を巡らせるのは、実に楽しい作業でした。この本をきっかけに、みなさんにもぜひ、この楽しさを味わっていただければ、うれしいです。

最後に……アタマの中を覗き見られた!?　かと思うほど毎回イメージにぴったりなスタイリングをしてくれた荻野さん、テーブルの上に現れたおはなしの世界をすかさず写真でつかまえてくれた新作さんに、感謝します。また、連載をサポートしてくれたMilK JAPON WEB編集部のみなさん、本にするときにはお願いしたいと白羽の矢を立てていたのですが快く引き受けてくれたデザイナーの大島さん&中山さん、そして、本にまとめたいという私たちの気持ちを応援して尽力してくれたグラフィック社の小池さん、本当にどうもありがとうございました!

本とごちそう研究室／川瀬佐千子、やまさききよえ

本とごちそう研究室

おいしいものが登場する小説やマンガを集めている料理人と編集ライターからなるユニット。

川瀬佐千子

大学卒業後出版社に入社、編集者に。独立しフリーランスの編集ライターとなり、旅や食べ物のジャンルを中心に、出版や広告の世界で働く。

やまさききよえ

デザイナーを経て料理の世界に飛び込み、中目黒の飲み食い処「のひのひ」を営む料理人。著書に『裏通りのちいさな飲み食い処がおしえる やさいのおつまみ』(池田書店)ほか。

本書は、「MilK JAPON WEB(milkjapon.com)」で連載されていたコラム「おいしいおはなし」をまとめ、加筆修正したものです。

装幀　大島依提亜、中山隼人
撮影　加藤新作
スタイリング　荻野玲子
編集　小池洋子(グラフィック社)

おいしいおはなし　子どもの物語とレシピの本

2019年4月25日　初版第1刷発行

著者　本とごちそう研究室
発行者　長瀬 聡
発行所　株式会社グラフィック社
〒102-0073　東京都千代田区九段北 1-14-17
tel.03-3263-4318(代表)　03-3263-4579(編集)
郵便振替　00130-6-114345
http://www.graphicsha.co.jp
印刷・製本　株式会社シナノパブリッシングプレス

定価はカバーに表示してあります。
乱丁・落丁本は、小社業務部宛にお送りください。小社送料負担にてお取り替え致します。

ISBN978-4-7661-3289-2
Printed in Japan